Marion Peer • Santara

Marion Peer

Santara

Ein fantastisches Abenteuer

AUGUST VON GOETHE
LITERATURVERLAG
IM GROSSEN HIRSCHGRABEN ZU
FRANKFURT A/M

Ein Imprintverlag des Frankfurter Literaturverlags GmbH
Ein Unternehmen der Holding
FRANKFURTER VERLAGSGRUPPE
AKTIENGESELLSCHAFT AUGUST VON GOETHE
In der Straße des Goethehauses/Großer Hirschgraben 15
D-60311 Frankfurt a/M
Tel. 069-40-894-0 ❋ Fax 069-40-894-194

www.cornelia-goethe-verlag.de
www.haensel-hohenhausen.de
www.fouque-verlag.de
www.ixlibris.de

Die Deutsche Bibliothek – CIP-Einheitsaufnahme
Ein Titeldatensatz für diese Publikation ist bei
der Deutschen Bibliothek erhältlich.

Satz und Lektorat: Jörg Frank
ISBN 3-86548-361-5

Printed in Germany

Für meine Schätze
Lukas, Jonas und Hans-Peter

und auch für all die wundervollen Wesen,
die in diesem Buch wirken

Inhalt

Das blaue Volk

Eigentlich fing alles ganz normal an. Ich weigerte mich meine stinklangweiligen Hausaufgaben zu machen. Mathe. Zwei ganze Seiten aus dem Buch. Voll ätzend. Meine Mutter hatte schon kapituliert – viel schneller als sonst und war einkaufen gegangen. Ziemlich genervt natürlich! Aber das gibt sich.
Ich hatte mindestens 30 Minuten für mich allein. Herrlich!
Ich war gerade auf der Suche nach meinem Gameboy, da hörte ich es zum ersten Mal. Zuerst ganz leise. Ein Knacken, ein zartes leises Rascheln. So, als ob ein welkes Blatt zaghaft und langsam vom Baum fällt, um dann vom Herbstwind über das Gras geweht zu werden.
Nun gab (und gibt) es aber in meinem Zimmer keinen Baum. Und welke Blätter auch nicht. Weder innen, noch außen. Es war Mai. Der 4., um genau zu sein.
Ich sah auf, war aber vom Streit mit meiner Mutter noch zu ausgelaugt um etwas zu unternehmen.
Dann, ich hatte gerade meinen Gameboy unter meinem Sofa entdeckt, hörte ich es wieder. Dieses Mal war es deutlich lauter. So etwa wie ein Stein, der mit ziemlich großer Wucht gegen etwas Hartes geschleudert wird.
Vor Schreck sprang ich gleich auf.
„Mama?"
Keine Antwort. Sie war ja auch erst kurz weg.
„Mama?"
Sicher ist sicher. Vielleicht hat sie ja ihren Geldbeutel vergessen.
Wieder keine Antwort. Meine Mutter war es nicht. Ich spitzte vorsichtig aus meiner Zimmertür in den Flur. Alles ruhig. Ist ja

wurscht. Nur noch 25 Minuten. Dann geht das: „Du machst jetzt deine Hausaufgaben, oder ..." wieder los.
Mit etwas mulmigem Gefühl schloss ich meine Zimmertür wieder. Sicherheitshalber schob ich meinen Schreibtischstuhl unter die Türklinke und beschwerte ihn mit allem was ich auf die Schnelle finden konnte: Bücher, Hefte, Blumentopf.
Das hätte ich mir sparen können, aber zu dem Zeitpunkt konnte ich das natürlich noch nicht wissen.
Ich war kaum fertig, da passierte es zum dritten Mal und dieses Mal konnte ich es nicht länger ignorieren.
Kein Knacken, kein Stein, der gegen etwas Hartes prallt. Nein. Dieses Mal war alles anders. Völlig anders.
Kannst du dir vorstellen, wie es sich anhört, wenn eine Kanonenkugel direkt vor deiner Nase, oder besser gesagt vor deinen Ohren einschlägt, es dabei blitzt und damit die Nase auch noch etwas zu tun hat, so stinkt, als ob dein Bruder den grässlichsten Durchfall aller Zeiten hat?
Ich zuckte zusammen, schloss völlig steif vor Entsetzen meine Augen und versuchte das Würgen, das durch den entsetzlichen Gestank verursacht wurde, zu unterdrücken.
„Aufhören!", schrie ich.
„Wie Ihr befehlt, mein Herr!"
Jetzt spinn ich wohl total. Für einen Augenblick war ich so verblüfft, dass ich die stinkenden Rauchschwaden, die durch mein Zimmer wabberten, fast vergaß. Ich sah mich um, nichts zu sehen.
„Wer, wer spricht denn da?"
„Ich, mein Herr."
Die Stimme war freundlich und zart. Wie die Blüte einer Blume. Leider stank die Blume entsetzlich. Mir wurde immer übler. Nicht mehr lange und ich hätte kotzen müssen.
„Ich seh nichts, und hör auf mit dem Gestank!", keuchte ich.
„Selbstverständlich mein Herr, entschuldige, aber es war meine letzte Chance."
So urplötzlich wie der Gestank gekommen war, so plötzlich war er weg. Völlig weg. Es war als ob ein frischer Frühlingswind ihn weggetragen hätte. Endlich durchatmen! Völlig erschöpft atmete ich erst mal tief durch. Überstanden. Doch da war doch diese Stimme gewesen!

Vorsichtig fragte ich: „Ähm, bist du noch da?"
„Natürlich mein Herr."
„Wo denn, ich kann dich nicht sehen."
Meine Augen irrten durch das Zimmer. Alles wie immer. Klamotten, Comics, Blätter und Stifte, mein Laserschwert auf dem Boden verstreut.
Ich hörte einen tiefen Seufzer. „Natürlich kannst du mich nicht sehen. Du bist ein Mensch. Und ihr Menschen habt uns vergessen. Aber es ist ganz einfach. Schließ deine Augen. Nun mach schon! Und nun sag dreimal: Ich glaube an das blaue Volk. Dann kannst du mich sehen."
„Moment, was soll das sein, dieses blaue Volk?"
Die Stimme seufzte tief.
„Menschen. Typisch. Wieder mal null Ahnung von nix. Das blaue Volk, das sind wir: Feen, Zwerge, Kobolde und so weiter. Willst du mich jetzt sehen oder nicht? Nun mach endlich!"
„Feen? Willst du mich verarschen? Die gibt's doch nur im Märchen!"
„Soll ich es dir beweisen? Vielleicht ein lieblicher Duft, etwas stärker als der eben?", spottete die Stimme.
„Nein, bloß nicht! Ich mach ja schon."
Was blieb mir auch anderes übrig?
Ich schloss also die Augen.
„Ich glaube an das blaue Volk, ich glaube an das blaue Volk, ich glaube an das blaue Volk."
„So doch nicht. Nicht herunterleiern, wie das Gedicht letzte Woche in der Schule!", befahl die Stimme.
„Moment, woher weißt du das von dem Gedicht?"
„Ich beobachte dich schon lange. Deshalb bin ich ja hier. Also noch mal. Augen zu. Dreimal: Ich glaube an das blaue Volk. Ist doch wohl nicht so schwer. Du musst es fühlen. F ü h l e n. Mit deinem Herzen. Die Worte glauben, nicht nur plappern. Capito?"
„Nun mecker hier nicht so rum! Ich mach ja schon."
Also schloss ich meine Augen. „Ich glaube an das blaue Volk ... Das kann ich so nicht. Das kann ich mir nicht vorstellen. Seid ihr blau? Alle?"
Wieder erklang das genervte Stöhnen.
„Kannst du nicht e i n m a l machen, was ich dir sage?"

„Kann ich auch sagen: ich glaube, dass hier eine Fee ist?"
Die Stimme schwieg eine Zeit lang und fuhr dann fort: „Kompliziertes Menschenwesen. Immer zweifeln. Na los, probieren wir es eben damit."
Dieses Mal wollte ich es unbedingt schaffen. Ich schloss also meine Augen, versuchte mein Herz zu spüren und die folgenden Worte mehr zu fühlen als zu sprechen: „Ich glaube, dass hier eine Fee ist. Ich glaube, dass hier eine Fee ist, ich glaube, dass hier eine Fee ist. Und nun?"
„Nun öffne deine Augen."
Vorsichtig öffnete ich zunächst erst mal das rechte Auge. Doch was ich sah, ließ mich beide Augen vor Staunen aufreißen. Noch etwas weiter und sie wären mir wahrscheinlich sprichwörtlich aus dem Kopf gefallen. Da saß jemand. Oder etwas. Eine Fee war das jedenfalls nicht. Zumindest hatte ich mir Feen völlig anders vorgestellt. Jedenfalls im Märchen. Zart und feingliedrig und irgendwie glitzernd. Und dieses Etwas, das da vor mir saß war weder zart noch feingliedrig. Und glitzernd schon gar nicht. Es war klein, OK. Aber sonst? Am besten ich versuch es dir zu beschreiben. Also stell dir Folgendes vor: Vor dir steht ein kleines Wesen, ungefähr so hoch wie dein kleines Matheheft. Es ist ziemlich stämmig, mit einer braunen alten Hose, tannengrünem alten Pulli und feuerroten Wuschelhaaren. Wenn ich feuerrot sage, dann meine ich das auch. Also feuerrot, nicht orange wie dieser Fernsehkobold.
Im braunen Gesicht sitzen zwei (wie viele sonst) grüne, ziemlich frech blitzende Augen, ein ziemlich großer, frech grinsender Mund, und eine ziemlich große, frech aussehende Knubbelnase.
„Hallo Tom", sagte es und grinste mich frech an. Habe ich schon erwähnt, dass dieses, na du weißt schon, ziemlich frech aussieht?
„Soll ich sie auffangen, falls sie dir nun doch rausfallen oder schaffst du es ohne mich?"
„Was?", stammelte ich.
„Deine Augen. Hat dir eigentlich schon mal jemand gesagt, dass es ziemlich unhöflich ist, jemanden so anzustarren?"
Ich versuchte meine Augen etwas zu schließen, was gar nicht so einfach war, das kannst du mir glauben.
„Bist, bist du eine Fee? Wo sind denn deine Flügel?"
„Fee", das Wesen schüttelte energisch und wenn ich ehrlich bin

ziemlich genervt den Kopf, so dass die feuerroten Haare nur so hin und her wirbelten. „Fee. Quatsch mit Soße. Schmeckt allerdings ausgezeichnet. Die Soße mein ich von deiner Mutter. Am liebsten mag ich die Vanillesoße. Ich bin ein Kobold. Sieht man doch. Wundere mich selbst, dass der Spruch so funktioniert hat. Na ist ja auch egal. Feen gehören ebenso wie wir zum blauen Volk. Wurde auch Zeit. War eine Menge Arbeit dich endlich auf mich aufmerksam zu machen. Entweder du warst nicht allein oder mit diesem blöden Ding beschäftig." Der Kobold versetzte meinem Gameboy einen Tritt. Ich war so fertig, dass ich überhaupt nicht reagieren konnte. Hätte mein Bruder das getan, ich hätte ihn ...

„Alles hatte ich schon versucht. A L L E S. Ich hab ihn versteckt. Ein paar Seiten aus deinem Heft gerissen, Erde in dein Zimmer gestreut. Nichts."

„Du warst das? Du hast das alles getan? Warum? Weißt du was ich für Ärger ...?"

„Reg dich ab, dafür ist keine Zeit. Wir brauchen dich. Aber immer seid ihr Menschen beschäftigt. I m m e r. Und wenn ihr endlich mal mit Schule – völlig überflüssig wenn du mich fragst – und euren noch überflüssigeren Hausaufgaben fertig seid, dann lasst ihr eure Gedanken von so einem blöden Zeug gefangen nehmen." Wütend versuchte der Kobold wieder nach meinem Gameboy zu treten, aber dieses Mal war ich schneller. Sicherheitshalber steckte ich ihn unter meinen Pulli.

„Woher kennst du meinen Namen und überhaupt, was sollte dieser Lärm, die Blitze und dieser Kotzwürggestank?"

„Das versuch ich dir doch gerade zu erläutern. Menschen, immer so ungeduldig! Aber sag mal, hast du noch etwas von diesem überphänomenalen erdbraunen Zeug in deiner untersten Schreibtischschublade? Schokolade nennt ihr das."

Ich kam aus dem Staunen nicht mehr heraus. Da saß ein Kobold in meinem Zimmer, wusste meinen Namen, und kannte meine geheimsten Reservenaschvorräte.

„Du kennst dich aber gut bei mir aus."

Ich ging zu meinen Schreibtisch und zog die unterste Schublade heraus. Unter meinen Comics lag tatsächlich noch eine halbe Tafel Schokolade.

„Hm. Hab mich des Öfteren bedient. War auch bitter nötig. Oh

danke, kannst mir ruhig noch ein oder zwei Stückchen geben. Mmmm. Ich heiße übrigens ..."
Da fiel die Haustür ins Schloss. Meine Mutter. Ich zog den Stuhl von der Tür weg.
„Mist, meine Mutter, gerade jetzt. Du musst dich verstecken. Sie kommt gleich rein, ich soll jetzt nämlich sofort Hausis machen, sonst gibt's Ärger."
„Die würde mich nicht mal sehen, wenn ich auf ihrer Schulter stehe und sie an der Nase kitzle", feixte der Kobold eben als die Tür aufging.
„Tom, du machst jetzt augenblicklich Hausaufgaben, sonst ist der Fernseher für dich Tabu!"
Meine Mutter stand in der Tür. Ihre Laune hatte sich anscheinend noch nicht gebessert.
Ich versuchte nicht loszulachen, denn der freche Kerl stand tatsächlich auf ihrer Schulter und kitzelte sie mit einer langen roten Haarsträhne an der Nase. Meine Mutter musste fürchterlich niesen. Und ich täuschte einen Hustenanfall vor, um nicht laut loszuprusten.
„Was war denn das für ein Niesanfall? Bei dir riecht es so nach Blumen. Öffne mal dein Fenster." Meine Mutter sah sich irritiert im Zimmer um.
Der Kobold stand immer noch auf der Schulter meiner Mutter und fragte mit Gesten, ob er sie noch einmal kitzeln sollte. Ich schüttelte unmerklich den Kopf, öffnete brav das Fenster.
„O.K. Mama, ich komm und mach Hausis. In einer Minute."
„Mir reicht es mit diesem ewigen Theater ... was hast du gesagt?"
Nun fielen meiner Mutter fast die Augen aus dem Kopf.
„Gleich, Mama. Ehrlich."
Meine Mutter sah mich misstrauisch an und ging dann. Dass ich so schnell nachgebe, war sie überhaupt nicht gewohnt. Man soll Eltern nicht zu sehr verwöhnen.
Als die Tür geschlossen war, konnte ich nicht mehr länger an mich halten. Ich lachte laut los.
„Ich muss diese bescheuerten Hausaufgaben machen. Kannst du warten? Bin bald wieder da." Und dann lief ich los.

Die Hüterin des Waldes

Als ich eine halbe Stunde später – so schnell hatte ich meine Mathehausaufgaben noch nie erledigt – wieder zu meinem Zimmer ging, pochte mein Herz bis zum Hals. Da war in meinem Zimmer ein Kobold gewesen. Bei mir. Oder hatte ich mir das alles nur eingebildet? Vor meiner Zimmertür blieb ich kurz stehen und atmete tief ein. Ob er noch da war? Mutig öffnete ich die Tür und atmete auf. Der Kobold saß auf meinem Bett, ließ die Beine baumeln und grinste mich an. Ich setzte mich vor ihn auf den Fußboden.
„Na, wurde auch Zeit. Entschuldige, dass ich mich noch nicht vorgestellt habe. Mein Name ist Santara. Ich bin die Hüterin des Waldes. Ein Kobold, wie du ja schon weißt."
„Dann bist du also ein Mädchen. Siehst gar nicht so aus."
„Siehst gar nicht so aus", äffte mich Santara nach. „Natürlich seh ich so aus. Oder hast du schon mal einen Koboldmann mit rotem Haar gesehen? Nein, also aufgepasst du Schlaumeier: Koboldfrauen: rote Haare, Koboldmänner: grüne Haare. Kannst du dir das merken?"
„Mann, vorhin warst du höflicher. Da hast du mich mit ‚mein Herr' angesprochen."
Ich schob mir erneut ein Stück Schokolade in den Mund. Santara kicherte.
„Ich weiß ja schließlich was sich gehört. Hab ich gestern bei deinen Eltern in diesem Bilderkasten gesehen. Aber nun lass mich endlich ausreden und könntest du wohl so überaus freundlich sein und mir ein Stück dieser ausgezeichneten und wohlschmeckenden

Schokolade überlassen?" Santara grinste frech.
Eigentlich konnte man diesem Wesen gar nichts abschlagen.
„Ich beobachte dich schon eine ganze Zeit, aber du wolltest mich nicht wahrnehmen. Typisch Mensch eben. Deshalb habe ich heute zu kleinen Tricks gegriffen."
Santara saß noch immer auf dem Rand meines Bettes und ließ die Beine lässig baumeln.
„Das nennst du klein? Da möchte ich deine großen Tricks gar nicht kennen lernen. Oder obwohl." Mir kam eine geniale Idee. „Kennst du vielleicht Tricks wie man nervende Siebtklässler schachmatt setzt?"
Für einen Viertklässler mit großem Bruder unbedingt wichtig.
„Klar, oder Sechst- oder Vierundachtzigklässler, aber dafür haben wir jetzt keine Zeit. Also, hmm, dieses Zeug schmeckt echt Klasse. Also, ich bin wie gesagt die Hüterin des Waldes. Keine leichte Aufgabe, möchte ich anmerken. Vor allem nicht für jemanden, der noch so jung ist wie ich. Ich bin so ziemlich der jüngste Kobold, der mit dieser Aufgabe betraut wurde. Das möchte ich nur so am Rande anmerken."
Misstrauisch schielte Santara auf das letzte Stück Schokolade, das ich eben in den Mund schieben wollte. Also teilte ich es eben.
„Wir brauchen Hilfe. Alles geht kaputt. Alles. Hast du schon mal die Fichten in deiner Umgebung angesehen? Braun. Zuerst nur ein bisschen. Oben. Ganz oben. Und dann? Kaputt! Viele Pflanzen wollen nicht mehr. Ihr Menschen kümmert euch entweder gar nicht um sie, oder wenn doch, dann so wie ihr euch das vorstellt. Ihr sägt Bäume ab, ohne sie überhaupt um Erlaubnis zu fragen. Nun sieh mich nicht so an. Mit dem Herzen fragen natürlich. Natürlich haben Bäume keine Ohren wie ihr. Wäre ja auch zu komisch." Santara kicherte. „Bist du sicher, dass die Schokolade wirklich leer ist?"
Ich nickte. Sagen konnte ich nichts. Das war schon ein merkwürdiger Tag. Kobolde, Bäume, die gefragt werden wollen.
„Den Wesen, die auf diesen Bäumen leben, gebt ihr überhaupt keine Gelegenheit überzuwechseln. Ich meine übrigens nicht nur Tiere. Aber davon später." Santara sah mich vielsagend an, aber ich verstand nur Bahnhof. Mein Gesichtsausdruck sprach anscheinend Bände, denn der Kobold, besser das Koboldmädchen, verdrehte die Augen.
„Andere Bäume zwingt ihr in völlig unnatürliche Formen. Habt ihr einmal darüber nachgedacht, ob die das überhaupt wollen? Habt

ihr euch einmal für den Sauerstoff bedankt, den sie Tag für Tag für euch produzieren, für den Schatten, den sie euch im Sommer spenden, für das vielfältige Grün ihrer Nadeln und Blätter, das euren Geist belebt und euch hilft, euer Herz zu öffnen. Für die Früchte, die sie Jahr für Jahr tragen? Nein! Ihr Menschen jammert. Der eine Baum nimmt euch die Sicht. Der andere nimmt euch die Sonne. Der Blütenstaub stört euch, von den Blättern im Herbst gar nicht zu reden. Und nun? Nun habt ihr es geschafft. Sie mögen nicht mehr. Nach so vielen Jahren, nach unvorstellbar vielen Jahren geben sie auf. Wisst ihr, wie es ist, wenn man immer hofft? Jahr für Jahr. Jahrhundert für Jahrhundert? Immer hofft, dass es sich ändert. Dass ihr uns aus der geistigen Welt endlich wieder wahrnehmt? Dass wir alle zusammen leben? Nicht nebeneinander, sondern miteinander. Die Bäume tun viel für euch. Und sie tun es gern. Sie wollen euch auch ihr Holz schenken. Gern sogar. Aber ihr könnt es euch nicht einfach nehmen. Das tut ihr doch sonst auch nicht, oder?"
Santara schnappte nach Luft.
Ich saß völlig belämmert da. Im Schneidersitz auf meinem Fußboden.
„Aber da kann ich doch nichts dafür!", versuchte ich mich zu verteidigen. Schließlich konnte mich dieser Kobold nicht für all diese Taten verantwortlich machen.
„Ach ja? Und was ist mit dem Haselnusszweig, den du dir gestern für deinen neuen Bogen abgeschnitten hast? Hast du da gefragt? Oder mit dem kleinen Birkenbäumchen letzte Woche im Wald, das du und dein orangehaariger Freund unbedingt entwurzeln musstet? Kraftprobe! Pah! Zwei gegen einen. Absolut feige nenn ich das!"
Da hatte ich den Salat. Ich schluckte verlegen.
„Ja, aber ich wusste doch nicht, dass der lebt und so."
„Was denn sonst? Alles lebt. A L L E S ! Aber nun Schluss mit dem Geschimpfe. Wir brauchen dich."
Mir klappte der Mund auf. Erst ein Riesenanschiss und dann das.
„Mich? Was kann ich denn tun?"
Santara kniff das linke Auge zusammen, stemmte die Arme in die Hüften und sah mich skeptisch an.
„Das frage ich mich langsam auch. Aber egal. Wir müssen es mit

dir versuchen. Du warst übrigens meine Idee. Die Elfen wollten diesen Alexander. Den aus deiner Klasse. Du weißt schon, der dieses Zahlenzeug so mag."
Santara rümpfte die Nase. „Sehr suspekt. Aber ich konnte sie doch noch überreden. Was wollen wir auch mit jemandem, dem es Spaß macht 678954 und 354678 zusammenzuzählen!"
„Na ja, Mathe ist zwar nicht gerade mein Lieblingsfach, aber nützlich ist es schon. Stell dir vor, du hast vier Äpfel und willst sie teilen", erwiderte ich lahm.
„Wenn ich vier Äpfel habe, dann ess ich mich satt und verschenke die restlichen. Was gibt es da groß zu überlegen?" Santara lümmelte sich wieder auf mein Bett.
„Aber wenn du es mal schaffen könntest, dein übergroßes Mundwerk länger als zwei Sekunden geschlossen zu halten, könnte ich dir erzählen, was wir von dir wollen."
Santara sah mich ernst an.

Der dunkle Krieger

„Es gibt ein altes Lied. Ihr würdet es in das Reich der Märchen verbannen. Aber es ist unsere einzige Hoffnung. Hör zu."

Santara begann in einem leisen Singsang folgende Zeilen feierlich zu singen:

„In fernen Tagen
wenn das Sterben beginnt,
die Hoffnung schwindet, die Zeit verrinnt,
dann wird kommen der Eine von vielen,
er hat es nicht verlernt,
er kann noch spielen.
sechs muss er finden – der, der dunkel erscheint.
Gefahr bringt die Reise, doch Freundschaft vereint.
Dies ist die Aufgab, dies ist die Pflicht,
doch vergiss er das Folgende nicht:
hat das Gehen schon begonnen,
muss er sich sputen,
zu viel Zeit ist schon verronnen.
Das Andere wird stärker, stärker die böse Macht,
also nimm dich vor ihr in Acht.
Hat er gefunden die sechs, die noch fehlen,
Gleichgewicht entsteht, niemand kann es mehr stehlen."

„Was soll denn das heißen? OK, das mit dem Sterben sind wahrscheinlich die Bäume, aber wer ist der eine, und wer sind diese

sechs, die er finden soll?"
Santara sah mich lange an und sagte dann mit feierlicher Stimme: „Es gibt viele Lieder, die wir seit Urzeiten singen. Sie werden von den Eltern an die Kinder weitergegeben. Dies sei dir gesagt: Wenn Phönix, Einhorn und die fünf magischen Wesen – der grüne Drache, der weiße Tiger, die Schildkröte, der rote Vogel und der dunkle Krieger zusammentreffen, dann kann alles zum Guten gewendet werden. Ein Einhorn haben wir schon, aber die anderen eben nicht."
„Aber was hab ich denn damit zu tun?", fragte ich. „Ich kenn doch keinen Drachen und weiße Tiger findest du nur im Zoo."
Santara sah mich an. „Du bist der dunkle Krieger."
„Was?"
Mir fiel vor Schreck nichts Besseres ein. „Halt mal, ich bin noch ein Kind. 10 Jahre und doch kein Krieg ..."
Santara sprang wütend auf. „Hast du dunkle Haare oder nicht? Und welche Farbe haben deine Augen, bitte sehr? Sie sind dunkel. Und deine Fingernägel. Nicht verstecken, komm zeig her! Herzeigen, sag ich! Na bitte. Siehst du, sehr dunkel."
Schluck, die sollte ich wirklich mal ausputzen!
„Was ist deine Lieblingsfarbe? Schwarz. Welche Farbe hat dein T-Shirt? Es ist dunkel. Genau wie deine anderen Sachen auch. Was isst du am liebsten? Dunkle Schokolade. Na also."
Santara sah mich triumphierend an.

Kannst du dir das vorstellen? Da saß ich an einem stinknormalen Tag, Anfang Mai, in meinem Zimmer und ein Koboldmädchen forderte meine Hilfe. Meine. Das war nun nicht gerade stinknormal. Das war oberaffengeil.

„Was soll ich denn tun?"
„Du sollst die anderen finden."
„Aber ich hab doch keine Ahnung, Wie soll ich das denn ..."
„Ich habe keine Ahnung ...", äffte mich Santara nach. „Natürlich hast du keine Ahnung. Deshalb bin ich ja da! Sonst könnten wir dich ja auch alleine losschicken. Aber du bist nun mal der dunkle Krieger. Ob du willst oder nicht. Du bist einer von vielen. Das seid ihr Menschen doch. Und du bist ein Kind, du hast das Spielen

noch nicht verlernt. Also. Hilfst du uns nun oder nicht?"
Santara sah mich trotzig an.
Was sollte ich tun? Tom, der Retter der Welt. Am liebsten hätte ich laut vor Begeisterung losgeschrien, aber ich fühlte mich wie im Nebel. Mein Herz hüpfte vor Freude, so als ob ich Kapitän der Fußballmannschaft und Klassensprecher gleichzeitig geworden wäre. Aber mein Kopf ließ mich dieses Gefühl ganz und gar nicht genießen. Außerdem ...
„Aber ich kann doch nicht einfach so verschwinden! Wie soll ich das denn meinen Eltern erklären? Glaubst du, die lassen mich einfach so mit einem Kobold, den sie nicht sehen können, losmarschieren, um die Welt zu retten?"
„Tom! Unterschätze deine Eltern nicht. Auch sie haben das Wissen in sich. Das haben wir alle. Alle. Jeder weiß eigentlich alles. Eigentlich. Doch die meisten Wesen auf diesem Planeten wollen es nicht wahrhaben. Wollen gar nicht wissen, wie mächtig sie sind. Dabei könnte alles so einfach sein. Aber keine Angst. Deine Eltern werden in diesem Fall gar nicht merken, dass du weg bist. Wir reisen in eine Parallelwelt."
„Was ist das denn nun schon wieder?"
Santara kicherte: „Oh, ihr Menschen, ihr wollt wissen, was 23456924 plus 468092543 ist, aber von den wirklich wichtigen Dingen habt ihr überhaupt keine Ahnung. Zeit ist nicht das, was sie zu sein scheint. Du lebst nicht nur hier. Und jetzt, wo sollen wir anfangen? Welches der Wesen zuerst suchen?"
Da brauchte ich nicht lange zu überlegen.
„Den Drachen. Zuerst suchen wir den Drachen!"

Die Reise beginnt

„Was soll ich mitnehmen?" Mein Laserschwert wäre cool. Taschenmesser, vielleicht eine Taschenlampe. Ich sah Santara fragend an. Aber das Koboldmädchen grinste mich nur an.
„Nichts. Du hast alles was du brauchst in dir."

Und dann standen wir plötzlich auf einer großen Wiese. Verwundert blickte ich mich um. Eben war ich doch noch auf dem Fußboden in meinem Zimmer gesessen und nun das. Santara saß auf meiner Schulter und grinste.
„Cool, oder?", grinste sie. „Geht etwas schneller als eure Art zu reisen", fügte sie mit stolz geschwellter Brust hinzu.
Da hatte sie Recht. Ziemlich cool.
„Aber ...", schoss es mir durch den Kopf, „...aber ich hab doch gar nichts dabei. Santara, ich hab ja nichts mitgenommen. Hättest du nicht noch fünf Minuten warten können? Ich hab ja nicht mal Schuhe an!"
Es hätte doch so viele nützliche Sachen gegeben!
„Tom", antwortete meine Begleiterin sanft, „alles was du brauchst, wird dir im rechten Moment gegeben. Das einzige, was du in deinem Leben wirklich brauchst, ist Vertrauen."
Schön und gut, aber mit einem Taschenmesser und meinem Laserschwert hätte ich mich bedeutend wohler gefühlt. Santara kicherte und ich seufzte tief. Das hat man nun davon, wenn man sich mit einem Kobold einlässt.
Da stand ich also. Mit Socken auf einer großen Wiese. Ich sah mich um. Das Gras auf dem ich stand, war saftig grün. Ein leichter

Sommerwind brachte den Geruch von Moos mit. Es roch wie nach einem kurzen Regen, der die Natur erfrischt hatte. Überall blühten wunderschöne Blumen. Gelbe, grüne, blaue und rosafarbene. Schmetterlinge umflogen uns und ein kleiner, weiß schillernder setzte sich auf meinen Kopf. Irritiert versuchte ich ihn zu verjagen.
„Santara sieh dir doch diesen doofen Schmetterling an. Der verwechselt mich mit einer Blume. Aua!"
Der Schmetterling musste mich gestochen haben.
Santara grinste: „Na ja, am Duft kann es nicht liegen. Tom, darf ich dir Kiriane, meine Elfenfreundin vorstellen?"
Der Schmetterling schwirrte nun vor meinem Gesicht herum.
„Das soll er also sein? Santara, der erkennt doch nicht mal 'ne Elfe, wenn sie ihm auf den Kopf spuckt!", sagte das weiße Glitzerding, von dem ich ja nun wusste, dass es kein Schmetterling war.
„Jetzt sei nicht so streng mit ihm, Kiriane, er ist bei den Menschen aufgewachsen. Du weißt doch, dass die nichts wissen. Oder?"
„Hm!", machte das Ding und wirbelte noch immer vor meiner Nase hin und her. „Steht mit Strümpfen auf der Wiese. Santara, der ist doch nicht dein Ernst!"
Hastig zog ich die Strümpfe aus und stopfte sie in meine Hosentasche.
Ich versuchte krampfhaft irgendetwas zu erkennen, aber versuch du mal was zu sehen, das genau zwei Zentimeter vor deiner Nasenspitze hin und herflattert!
„Halt. Stopp! Kannst du nicht mal ruhig halten. Ich seh ja gar nichts. Und überhaupt, redet nicht so von mir, als ob ich nicht dabei wäre!"
„Der sieht nichts. Auch das noch!", meckerte das weiße Flatterding, hielt aber dann doch mitten in der Bewegung inne und flog ein paar Zentimeter rückwärts.
Und tatsächlich. Es war kein Schmetterling. Vor meinen Augen sah ich das bezauberndste Wesen, vielleicht abgesehen von meiner Schulfreundin Katharina, das ich jemals gesehen hatte.
Es war klein und sehr feingliedrig. Die Flügel schimmerten in einem reinen Weiß, wie ich es noch nie zuvor gesehen hatte. Durch die Bewegung der Flügel kam es zu kleinen Lichtblitzen in den verschiedensten Pastelltönen. Das Wesen hatte ein kleines, wunder-

schönes Gesicht mit einer spitzen Nase (erinnert mich etwas an die Kleopatra aus Asterix) und trug ein in Rosa- und Blautönen gefärbtes Kleid. Die Haare waren lang und blond. So, genau so, hatte ich mir eine Elfe vorgestellt. Und dann die Augen! Wunderschön und tiefgrün.
„Macht er immer so. Mit dem Glotzen. Hat er bei mir auch gemacht, brauchst dir gar nichts darauf einzubilden", sagte Santara zu diesem wunderschönen Wesen.
„Hm. Keine Manieren. Santara, bist du dir sicher, dass er der Eine ist?"
Die Elfe musterte mich noch immer sehr skeptisch.
Ich riss mich zusammen.
„Natürlich bin ich es!", sagte ich. „Entschuldige, dass ich mich noch nicht vorgestellt habe. Ich bin Tom."
Die Elfe verzog den Mund. „Na wenigstens kann er sprechen."
„Besonders höflich seid ihr Elfen aber auch nicht!", entfuhr es mir wütend. Langsam reichte es mir. Was bildete die sich eigentlich ein?
Santara lachte schallend über das verblüffte Gesicht ihrer Freundin.
„Vertragt euch. Wir haben einen langen und gefährlichen Weg vor uns. Tom, Kiriane wird uns begleiten. Sie wurde von den Elfen dazu auserwählt."
Na, das konnte ja gut werden.
Die Elfe streckte mir als Zeichen des Friedens ihre kleine Hand entgegen und ich ergriff sie vorsichtig mit zwei Fingern. Dann grinsten wir uns an. Nun waren wir also zu dritt. Ein Kobold, eine Elfe und ein 10jähriger Junge.
„So kann er aber nicht bleiben!", sagte Kiriane eben zu Santara und riss mich damit aus meinen Gedanken.
Was passte dieser Elfe denn nun schon wieder nicht, dachte ich mir.
„Alles passt. Du bist schon in Ordnung. Entschuldige, das von vorhin, aber ich werde jedes Mal menschenteufelswild, wenn mich jemand doof nennt", antwortete mir Kiriane.
Doch halt, ich hatte doch überhaupt nichts gesagt! Ich hatte das doch nur ...
„Gedacht", sagten Santara und Kiriane wie aus einem Mund.

„Könnt ihr meine Gedanken lesen?" Ich war baff.
„Natürlich! Das können eigentlich alle Wesen. Euch Menschen ausgenommen. Ihr glaubt an so was natürlich nicht. Und damit es ja nicht klappt, müllt ihr euren Kopf sicherheitshalber mit allem möglichen Quatsch voll, wie zum Beispiel dieser Mathehematix."
„Mathematik", verbesserte ich in Gedanken.
„Dann eben so", erwiderte Santara.

„Du hast lange gebraucht", sagte Kiriane. „Hoffentlich nicht zu lange."
„Ich weiß. Aber es war schwieriger als ich gedacht hatte. Er wollte mich einfach nicht wahrnehmen." Santara sah mich an. „Hör zu, Tom. Es gab eine Zeit, da waren die Reiche der Menschen und des blauen Volkes verbunden. Ihr konntet uns sehen, ihr habt mehr auf eure Gefühle, als auf euren Kopf gehört. Aber dann habt ihr angefangen, nur noch das wahrzunehmen, was ihr messen und beweisen könnt. Uns habt ihr in das Reich der Märchen verbannt. Ihr könnt uns nur sehen, wenn ihr euch auf unsere Schwingung einstellt, das heißt, an uns glaubt. So wie vorhin, du weißt schon: ich glaube an das blaue Volk. Wir dürfen euch nicht einfach ansprechen. Der Wunsch nach einem Kontakt muss zu allererst von euch kommen. Ich habe seit Tagen versucht, mit dir in Kontakt zu treten. Umsonst. Du hast dich zwar immer etwas gewundert, aber nie gespürt, dass da noch jemand ist. Ich hatte noch drei Versuche, dich auf mich aufmerksam zu machen. Und beim dritten und damit letzten hat es endlich geklappt."
„Was wäre wenn nicht?", hauchte ich.
„Die Ghule", flüsterte Santara so leise, dass ich es kaum hören konnte, „ dann hätten mich die Ghule erwischt."
„Die was? Ghu..."
„Pssht!!", zischten meine Begleiterinnen.
Und bevor ich überhaupt in der Lage war, weiter zu fragen, fing Santara an, mir Folgendes zu erklären: „Sie sind anders als alles andere", Santara schauderte, „da ist nichts Freundliches oder Nettes an ihnen. Sie fühlen sich kalt an. Sehr kalt. Alles verändert sich. Alles Licht schwindet. Nicht wirklich, es fühlt sich nur so an. Es wird dunkel in einem. Man verliert die Hoffnung, die Liebe, man wird gleichgültig und einsam", Santara schlang ihre Arme um

sich, als ob ihr kalt wäre, „die Ghule wollen die Zerstörung, das Chaos. Sie wollen nicht, dass ihr erwacht aus eurer Gleichgültigkeit. Sie wollen das Gleichgewicht zerstören. Deshalb wollen sie auch unbedingt verhindern, dass wir unser Ziel erreichen. Oh, sie sind gefährlich! Sehr gefährlich!" Santara schwieg.

Na toll. Eben hatte ich mich noch als Retter der Menschheit gefühlt. Tom, der dunkle Krieger. Geht eben mal mit seiner Koboldfreundin spazieren und findet dabei schnell, was war es noch? Ach ja, einen grünen Drachen, eine Schildkröte, den roten Vogel, Einhorn, Phönix und noch irgend so ein Wesen. Von Gefahr war doch bisher überhaupt keine Rede gewesen.

„Wie sehen diese, diese ... Dinger denn aus?" fragte ich.

Santara schüttelte den Kopf. „Oh, so einfach ist das leider nicht. Sie haben kein bestimmtes Aussehen. Es ist die Angst, die Zweifel in den Köpfen. Die Ghule sind überall und nirgends. Da wo Angst und Zweifel wohnen, dort können sie sich einnisten und nach und nach von dem Wesen Besitz ergreifen. Deshalb sagte ich vorhin auch, du brauchst nichts außer Vertrauen. Wer vertraut, hat weder Angst noch Zweifel." Santara schwieg kurz und fuhr dann fort: „Die Ghule konnten sich in der letzten Zeit ausbreiten. Besonders bei euch Menschen sitzen Angst und Zweifel tief. Ihr zweifelt an allem. Ihr habt verlernt, euer Vertrauen, euer Urvertrauen zu spüren. Tom, das ist jetzt ganz wichtig. Stell dich hin und atme tief ein! Spüre deinen Bauch, unter deinem Nabel. Spüre ihn und sag mir was du fühlst."

Ich stellte mich mit geradem Rücken hin, schloss die Augen und versuchte zu tun, worum mich Santara gebeten hatte. Ich fühlte in meinen Unterbauch hinein. Das war gar nicht so einfach. Ich stand also und fühlte. Eine ganze Weile. Einfach so. Hätte gestern jemand zu mir gesagt, dass ich so etwas tun soll, ich hätte ihm den Vogel gezeigt. Oder Schlimmeres. Ich stand also und fühlte, fühlte wie mein Bauch sich anfühlt. Und dann, dann spürte ich es. Ich fühlte, wie meine Füße Wurzeln bekamen, tiefe Wurzeln, die weit in die Erde hineinreichten und mich mit ihr tief und innig verbanden. Und ich fühlte eine Kraft in mir. Meine Kraft. Eine Stärke, die ich in dieser Form noch nie so deutlich gespürt hatte. Ich stand und fühlte mich stark und wach und bereit. Hier und jetzt. Ich

öffnete die Augen. Santara lächelte mich an.
„Das, mein lieber Freund, ist Urvertrauen."
Ich lächelte zurück. In meinem ganzen Leben hatte ich mich noch nie so bewusst gut gefühlt. Aus mir heraus gut. Weil ich ich bin. Nicht, weil mich jemand anderes lobt, oder ich irgendetwas Tolles besitze. Ich bin ich. Und das ist gut.
„Tom", Santara sah mich an, „weil die Ghule sich so stark ausgebreitet haben, müssen wir ihre Späher fürchten. Deshalb wäre es ratsam, dich etwas zu verkleinern."
„Waas?", nun war es weg das tolle Gefühl. „Was wollt ihr?"
„Reg dich ab!" Kiriane flatterte vor meinem Gesicht auf und ab. „Geht ganz einfach. Du musst nur ein klitzekleines Blatt unter deine Zunge legen und schwups. Allerdings ...", Kiriane hielt inne.
„Allerdings?", wiederholte ich. Mir schwante Schreckliches.
„Allerdings ist das Ganze nicht ganz ungefährlich", fuhr Kiriane fort, „du darfst das Blatt nie, und mit nie meine ich auch nie, also niemals verschlucken, sonst ... schwups."
„Was heißt schwups?" Das wollte ich schon etwas genauer wissen.
„Na eben schwups! Weg! Paff! Einfach so." Kiriane flatterte etwas aus meiner Reichweite.
Na Klasse!
„Hast du es dabei?", fragte Santara.
Kiriane nickte und griff in eine kleine, grün glitzernde Tasche, die sie sich um den Bauch gebunden hatte. Sie hielt ein winziges, vertrocknetes Blatt in der Hand.
„Das ist es?", fragte ich.
Die beiden nickten ernst.
„Vergiss es nicht! Unter die Zunge legen und auf keinen Fall runterschlucken." Kiriane reichte mir das Blatt. Ich nahm es ehrfürchtig entgegen. Vorsichtig hielt ich es in der Hand. Ein kleines, verhutzeltes Blatt. Unscheinbar. Und doch von unvorstellbarer Macht. Sollte ich es wirklich wagen? Was, wenn ich es aus Versehen verschluckte?
Ach was!
Unter den Blicken meiner beiden Begleiterinnen führte ich das Blatt zu meinem Mund und hielt inne. Ich hielt es an meine Nase. Es duftete leicht nach Pfefferminze. Ich atmete tief ein. Schloss die Augen und steckte es in meinen Mund, unter meine Zunge.

Langsam atmete ich mit geschlossenen Augen aus. Das Blatt lag leicht und angenehm unter meiner Zunge. Es hatte sich perfekt meinem Mund angepasst und verströmte diesen angenehmen Pfefferminzgeschmack, den ich vorhin schon mit meiner Nase wahrgenommen hatte. Mein Körper kribbelte, so als ob von oben nach unten kleine Ameisen laufen würden. Und dann öffnete ich die Augen.

Wir standen wie eben auf dieser Wiese. Aber nun war alles anders. Die Blumen, die ich eben noch von oben bewundert hatte, waren nun auf Augenhöhe. Eine stach mir fast ins Auge und ich wich zurück. Und fiel. Fiel über ein kleines Stöckchen, das hinter mir auf dem Boden lag. In meiner normalen Größe hätte ich es wahrscheinlich nicht mal bemerkt. Nun, nun hatte es aber die Dicke meines Unterarms. Und die Bäume! Entschuldige, dass ich sie dir vorhin nicht beschrieben habe. Die Wiese lag am Rande eines Waldes. Bereits vorhin waren mir die gewaltigen Bäume aufgefallen. Eichen, Buchen, Kiefern und Fichten. Dieser Wald musste uralt sein. Wenn ich von gewaltigen Bäumen spreche, dann gilt das für meine normale Größe. Nun erschienen mir die Bäume gigantisch. Ich lag noch immer im Gras und staunte den Wald an.

„Hoch mit dir! Zum Ausruhen haben wir keine Zeit." Kiriane reichte mir ihre Hand. Und dieses Mal musste ich nicht aufpassen, ihre Hand zu zerquetschen. Dieses Mal war ich nur noch doppelt so groß wie sie.

Die beiden musterten mich besorgt.

„So wird es gehen. Und vergiss nicht. Du darfst das Blatt nicht runterschlucken!", mahnte Santara.

Ich nickte erleichtert. Ich fühlte mich gut. Was immer auf unserer Reise passieren würde, so konnten wir uns besser verstecken. Vor den Ghulen und allem anderen, denn bereits zu diesem Zeitpunkt ahnte ich, dass uns weitere Gefahren bevorstehen würden.

Im großen Wald

Du kannst dir nicht vorstellen, wie schwierig es ist, über eine Wiese mit hohem Gras zu laufen, wenn man die gleiche Größe wie die Grashalme hat. Die erste Zeit war ich wohl für die beiden anderen eine Belastung. Aber mit ihrer Hilfe hatte ich den Trick schnell raus. Ich fühlte mich wie ein Dschungelkämpfer am Amazonas. Es war anstrengend, aber ich hatte mich schon lange nicht mehr so lebendig gefühlt. Ich wurde gebraucht, hatte eine wichtige Aufgabe zu erfüllen. Vielleicht hatte Santara ja doch Recht. Vielleicht ‚müllen' wir Menschen uns wirklich mit unwichtigen Sachen zu.
Wie hatte sie das ganz am Anfang unserer Begegnung genannt? Mein Gameboy würde meine Gedanken ‚gefangen nehmen'? Na, nun war ich hier und erlebte das wohl spannendste Abenteuer meines Lebens. Was wohl meine Freunde dazu sagen würden? Zu Hause würde ich ihnen alles erzählen. Aber zunächst gab es eine Aufgabe zu erfüllen. Eine schwierige und gefährliche noch dazu.

Wir hatten den Waldrand erreicht. Santara hob beide Arme und begann zu singen:
„Seid gegrüßt ihr Alten, mächtig und groß. Seid gegrüßt und segnet unseren Weg durch die Tiefen eures Reiches."
Ein mächtiges Rauschen schien ihr zu antworten. Die Kronen der uralten Bäume wogten hin und her, ohne dass ein Luftzug zu spüren gewesen wäre. Santara nickte uns zu. Und wir traten in den Wald. Ehrfurchtsvoll betraten wir ihn. Sofort hüllte uns der kühle Schatten der Bäume ein. Ein wundervolles Gefühl des Friedens überkam mich. Es war gut, hier zu sein. Ich legte meinen Kopf weit

in den Nacken um die Krone einer alten, dicken Fichte zu betrachten.
„Sieht gar nicht krank aus", sagte ich.
„Nein, noch nicht, hier noch nicht", erwiderte Santara ernst.
„Wo gehen wir eigentlich hin?", fragte ich meine beiden Begleiterinnen.
„Na, wir suchen den Drachen", antwortete Santara. „Du hast doch entschieden, dass wir zuerst den Drachen suchen."
Der Drache. Aber woher sollte ich denn wissen wo und wie und überhaupt?
Santara kicherte schon wieder.
„Tom. Wir schaffen das. Weißt du, als die Reiche der Menschen und unsere begannen auseinander zu driften, sind die Drachen verschwunden. Drachen sind Sternenwesen. Sie stellten in frühen Jahren uns und euch ihre Weisheit zur Verfügung. Aber dann haben sich die Menschen abgewandt. Wollen ja alles besser wissen. Um mit ihnen in Kontakt zu treten, brauchen wir aber euch Menschen. Dich."
„Soll das heißen, wir müssen zu einem anderen Planeten, um den Drachen zu finden?" Ich sah mich schon zum Mond fliegen.
„Nein", antwortete Kiriane, „wir holen ihn hierher. Ist doch logisch!"
„Aha. Und wie? Wollt ihr ihm einen Brief schreiben?"
Santara sah mir tief in die Augen. „Wir nicht, Tom. Das ist deine Aufgabe."
Ich verschluckte mich und musste husten.
„Das Blatt!", schrie Santara in mein Ohr. „Nicht verschlucken!"
„Mach ich doch nicht. Bin doch nicht blöd!"
Na toll. Ich stand barfuß in einem Wald. Weit weg von zu Hause. So groß wie ein Kobold und sollte Kontakt zu einem Drachen aufnehmen.
„Vertrau dir, Tom. Wir tun das doch auch. Was glaubst du, warum wir dich ausgesucht haben? Wir haben dich viele Tage beobachtet. Wenn wir dir vertrauen, warum kannst du es nicht selbst?"
Santara hatte Recht. Vertrauen. Warum nicht? Vor ungefähr zwei Stunden hätte ich auch nicht gedacht, dass es Elfen und Kobolde gibt und ich außerdem noch mit ihnen in Kontakt treten könnte.

Warum also nicht einen Drachen finden?
Santara atmete auf.
Im Wald kam ein Rauschen auf. Zuerst leise, dann etwas lauter. Santara spitzte die Ohren und sah Kiriane an.
Die sah erstaunt aus.
„Was ist?" Kamen etwa diese Ghu… .
„Nein!", antworteten beide. Hoffentlich gewöhne ich mich bald an die Vorstellung, dass die beiden meine Gedanken lesen konnten, bevor mir mal was, na ja sagen wir mal Unpassendes, in die Gedanken hüpft. Denn auch Kobolde und Elfen können nerven.
Kiriane und Santara lachten laut auf. Mist!
„Das ist ungewöhnlich. Sobald haben wir sie noch gar nicht erwartet." Kiriane flatterte aufgeregt hin und her.
Was, wen? Dachte ich.
„Odessa."
Aha. Odessa. „Und wer bitte ist Odessa?"
Doch diese Frage erübrigte sich. Eine Staubwolke näherte sich mit rasender Geschwindigkeit. Ich überlegte, ob es bei meiner momentanen Größe nicht ratsam wäre, mich hinter einem Baum zu verstecken. Aber ein Blick auf meine beiden Begleiterinnen sagte mir, dass das nicht nötig sei. Kiriane und Santara standen neben mir und sahen der Staubwolke erwartungsvoll entgegen. Ich sah von den beiden zur Staubwolke und zurück.
Kurz vor uns kam das Ding zum Stehen und ich sah ein ... Ich sah ein schneeweißes Pfe… Einhorn! Ein Einhorn. Unglaublich. Unbeschreiblich. Es war weiß. Und doch schimmerten seine Flanken silbern. Es wieherte leise und warf den Kopf mit der silbern glänzenden Mähne nach hinten.
Moment. Ich muss noch mal zusammenfassen.
Ich bin der dunkle Krieger, bin mit Elfe und Kobold unterwegs, um einen Drachen von den Sternen zu locken und stehe nun gerade einem Einhorn gegenüber. Barfuß und geschrumpft.
Santara trat vor und legte ihren Kopf an den Hals des Tieres. Dann trat auch Kiriane vor und legte ihre Hand auf die Flanken des Tieres.
Was hättest du an meiner Stelle getan? Ich konnte doch nicht einfach stehen bleiben. Also trat auch ich vor, zugegeben ziemlich zaghaft, und legte meine Hand vorsichtig auf – du ahnst es be-

stimmt schon – auf das Horn.
Ich musste mich dazu ziemlich strecken.
Es war glatt und fest und warm und schimmerte silbern. Es war echt cool.
Das Einhorn stand da und ließ sich berühren und berührte dadurch auch uns. Ich weiß bis heute nicht, wie lange wir so standen. Aber ich weiß genau, dass ich dieses Gefühl um nichts auf der Welt vergessen werde.
Das Einhorn berührte mich mit dem Horn und ich fühlte mich unendlich leicht und frei. Alles andere war unwichtig.
Dann, nach langer Zeit, nahm ich meine Hand vom Horn und streichelte das schöne, sanfte Tier.
Santara und Kiriane waren zurückgetreten und ich ging langsam um das Wesen herum und streichelte es. Das Einhorn ließ sich geduldig streicheln, es schien die Berührung sogar sehr zu genießen. Ich sah, wie sich Santara und Kiriane anlächelten.
Dann, wieder nach langer Zeit, trat auch ich ein paar Schritte zurück.
Wieder erhob sich ein Rauschen im Wald. Leiser und dennoch ...
Ich sah wie Kiriane und Santara sich anstarrten. Auch das Einhorn wirkte beunruhigt. Es trippelte mit den Vorderhufen, ungeduldig.
„Was ist denn ...?"
„Etwas hat den Wald betreten. Etwas, das mir ganz und gar nicht gefällt", flüsterte Santara. Sie nickte Kiriane zu und die Elfe flog zu den Wipfeln der Bäume empor, ohne sich auch nur einmal nach uns umzudrehen.
„Wohin will sie denn?"
Ich sah Kiriane im Blättermeer verschwinden.
„Sie hält Ausschau. Tom, der Wald kann uns nicht länger schützen. Wir müssen weg!"
„Aber ..."
„Für lange Worte ist jetzt nicht die Zeit. Steig auf! Odessa wird dich in Sicherheit bringen. So war das nicht geplant. Nein. Das gefällt mir ganz und gar nicht." Während Santara noch redete, hatte sich das Einhorn niedergekniet, um mich aufsteigen zu lassen. Das ließ ich mir natürlich nicht zweimal sagen.
Ein Einhorn sehen, ist ja schon großartig. Es zu streicheln, phäno-

menal, aber es reiten! Schneller als der Schall saß ich auf Odessa. Tolles Gefühl! Ich fühlte mich unbesiegbar. Gefahr? Pah. Sollten diese Ghule oder was auch immer doch kommen!
Santara streichelte das Einhorn: „Pass gut auf ihn auf. Wir treffen uns bei den Höhlen". Und zu mir: „halt dich gut fest, sie ist manchmal etwas ungestüm!"
Ich kam nicht mehr dazu, ihr irgendetwas zu antworten. Ich konnte gerade noch mit einer Hand die Mähne packen. Ungestüm?
Wir flogen dahin. Die Bäume rasten an uns vorbei. Der Waldboden wirbelte um mich und ich hatte den Mund voller Staub und trockener Nadeln. Ungestüm?
Das war lebensgefährlich! Im Zickzackkurs ging es zwischen Bäumen und Sträuchern durch. Ich kauerte mich auf den Rücken dieses wilden Tieres – habe ich es vorhin als sanft beschrieben? – und krallte mich mit beiden Händen an der silbernen Mähne fest. Und dann waren wir aus dem Wald heraus. Wir ließen die Bäume hinter uns und ritten über die große Wiese, auf der wir vorhin Kiriane getroffen hatten. Aber auch die Wiese ließen wir in Rekordgeschwindigkeit hinter uns. Wieder veränderte sich das Land. Es wurde hügeliger. Odessa raste hügelauf und ab. Und irgendwann, meine Hände fühlten sich vom krampfhaften Festhalten schon taub an, blieb sie stehen.
Ich hielt ihre Mähne so lange es ging fest, und ließ mich langsam von ihrem Rücken gleiten. Das letzte Stück ließ ich mich einfach fallen.
Ich landete im weichen hohen Gras. Mir tat alles weh. Die Hände, der Rücken. Alles.
Eins musst du dir merken! Du kannst ein Einhorn streicheln, aber setze dich nie, niemals auf seinen Rücken! Zumindest nicht auf ein – wie nannte es Santara – ungestümes wie Odessa.
Langsam bekam ich wieder Luft. Die Bienen surrten über mich hinweg. Ein warmer Sommerwind streichelte Gesicht und Arme. Ich setzte mich auf.
Odessa stand etwas abseits und witterte. Sie warf den Kopf herum und ... jagte davon.
Ich sprang auf. „He!" Doch zu spät. Odessa war bereits verschwunden.

Getrennt

Santara sah, wie Odessa mit Tom zwischen den Bäumen verschwand. Sie seufzte und blickte nach oben. Kiriane war nicht zu sehen. Sie sah wieder in die Richtung, in die Odessa mit Tom geritten war. Odessa war nun außer Sicht. Der Staub, den ihre Hufe aufgewirbelt hatten, legte sich langsam wieder.
Santara seufzte erneut. Nein. Damit hatte sie nicht gerechnet. Sie machte sich große Sorgen. Sie wusste, wie ungestüm und wild das Einhorn war. Und sie sorgte sich über die Nachricht, die ihr der Wald hatte zukommen lassen. Wieder blickte sie nach oben. Kiriane war noch immer nicht zu sehen.
Flink wie ein Eichhörnchen kletterte Santara den Stamm einer dicken Eiche hoch. Als sie das Astwerk erreicht hatte, setzte sie sich auf einen dicken Ast und griff in ihre Hosentasche. Sie holte einige hohle Holzstückchen heraus und steckte sie mit geübten Griffen aneinander. Dann setzte sie die nun entstandene Flöte an den Mund und blies eine eigenartige Melodie. Leise wie das Rauschen des Windes.
Es entstand ein Rascheln im Blätterdach des Waldes und als Santara die Flöte absetzte, war sie von Eichhörnchen umgeben.
„Du hast uns gerufen, Hüterin des Waldes", sagte ein besonders großes, rotbraunes Eichhörnchen.
„Ich brauche eure Hilfe!" Santara nahm die Flöte wieder auseinander und verstaute die Einzelteile in ihrer Hosentasche. „Irgendetwas hat diesen Wald betreten, etwas, das die Harmonie stört. Habt ihr etwas gesehen?"
Die Eichhörnchen sahen sich an.
„Wir haben bemerkt, wie ein Schatten sich über den Wald legte,

und natürlich haben wir auch die Nachricht der Bäume gehört, aber gesehen?" Das große Eichhörnchen sah sich um: „Weiß jemand etwas?"
Schweigen. Doch einige Äste über Santara begann sich etwas zu regen. Ein kleineres, ebenfalls rotbraunes Eichhörnchen mit einem schwarzen Fleck auf der rechten Hinterpfote ließ sich zu Santara herab.
„Ich war im südlichen Teil des Waldes. Dort wo die Fichten so eng zusammenstehen, dass kein Lichtstrahl den Waldboden erreicht. Ich war gerade dabei – aber ich hab nicht und außerdem interessiert euch das wohl nicht!", fügte das Eichhörnchen schnell hinzu.
Santara verdrehte die Augen. „Weiter, ich hab keine Zeit dir die Leviten zu lesen, weil du wieder mal ein Vogelnest plündern wolltest!"
„Also", begann das Eichhörnchen nun erleichtert, „also ich war auf einer Fichte, da wurde mir so komisch. Ich fror und fühlte mich klein und bekam riesige Angst und bin schnell davon. Gesehen hab ich nichts."
Santara nickte. „Also wissen wir nun, dass es von Süden her in den Wald eindringt. Wir wissen aber noch nicht, wer und warum. Hat noch jemand etwas bemerkt?" Das Koboldmädchen sah sich um.
Alle Eichhörnchen schüttelten den Kopf.
„Ich danke euch. Bitte, wenn ihr etwas bemerkt, dann teilt es mir mit!" Santara verbeugte sich und die Eichhörnchen verschwanden in den Blättern der angrenzenden Bäume.
Santara sah sich um.
„Wo bleibt sie nur?", murmelte sie und holte erneut ihre Flöte aus der Tasche. Doch bevor sie sie zusammensetzen konnte, bemerkte sie ein schwarzes, zerzaust aussehendes Eichhörnchen hinter sich.
„Entschuldige, wenn ich dich erschreckt habe", sagte das Eichhörnchen und seine Stimme klang, als hätte es einen starken Schnupfen, „aber ich habe da etwas gefunden, das dich interessieren könnte!"
Das Eichhörnchen hielt Santara etwas Glitzerndes hin.
Santara riss es ihm beinahe aus der Pfote.
„Wo hast du das her?"
„Auch ich war im südlichen Teil des Waldes unterwegs", antwor-

tete das Eichhörnchen mit seiner nasalen Stimme, „auch ich spürte die Gefahr. Doch ich war neugierig und als ich mich – vorsichtig natürlich – zu Boden gleiten ließ, da war niemand mehr zu sehen. Aber der Eindringling hat etwas verloren. Dieses Ding lag auf dem Waldboden. Na ja, und dann hörte ich deine Flöte."
Santara war blass geworden. Sie starrte auf das glitzernde Etwas. Sie sah das Eichhörnchen an.
„Das ist ein Zwergenmesser. Das Messer eines Kristallzwerges um genau zu sein. Weißt du was das bedeutet? Was das heißt?", Santara fasste sich an die Stirn. „Wenn das wahr ist, dann …" Völlig fassungslos starrte Santara auf das Messer in ihrer Hand. „Dann haben die Ghule die Kristallzwerge auf ihre Seite gebracht!"

Völlig fassungslos stand ich da. Allein.
„Na, zum Glück hast du das Blatt nicht verschluckt."
Ich fuhr herum. Hinter mir saß ein Junge, ungefähr so groß wie ich momentan, ungefähr so alt wie ich.
„Ziemlich wild das Vieh, nicht wahr?", sagte er.
Er trug Jeans und ein dunkelblaues T-Shirt. Seine Haare waren braun und strubbelig.
„Hallo!" Der Junge verbeugte sich. „Ich bin Nanubi Kor. Ein Zwerg, wie du sicher weißt. Ein Kristallzwerg, um genau zu sein. Du kannst mich Kori nennen."
Er nahm seinen Rucksack ab und begann darin zu wühlen. „Hast bestimmt Durst. Willst du?" Er hielt mir eine kleine Flasche hin.
„Ahornsirup. Macht meine Oma selbst. Aber denk an das Blatt."
Ich nahm die Flasche und trank, was mit dem Blatt unter der Zunge gar nicht so leicht war.
Der Sirup war süß und sehr aromatisch. Ich fühlte, wie sich meine Lebensgeister wieder regten. Ich setzte die Flasche ab und fühlte mich wieder frisch und munter. Kori nickte mir freundlich zu. „Geht's besser?"
„Ja, danke. Ich gab ihm die Flasche zurück und wischte mir den Mund mit dem Handrücken ab. „Das hat gut getan."
Kori sah mich neugierig an. „Du bist der dunkle Krieger, oder?"
Ich sah ihn an und nickte. Was hätte ich auch sonst tun sollen?
Der Zwergenjunge nickte ebenfalls und seufzte tief: „Ich wünschte, ich wäre es!"

Er ließ sich ins Gras plumpsen und machte es sich bequem. Ich folgte seinem Beispiel.
„Jeder Junge träumt davon. Wir lieben die Geschichten, die sich um die Prophezeiung ranken. Aber am allermeisten den dunklen Krieger."
Nanubi Kor verstaute die Flasche wieder im Rucksack.
„Kannst du uns helfen?", fuhr er ernst fort.
„Ich weiß es nicht. Ich weiß eigentlich gar nichts. Vor ein paar Stunden saß ich noch in meinem Zimmer und nun bin ich hier – allein, entschuldige, aber alle sind verschwunden. Santara, Kiriane und jetzt noch das Einhorn."
„Jetzt bin ich da. Santara hat mich benachrichtigt. Ich soll dich zu den Höhlen bringen. Dort werden wir uns wieder mit ihr treffen. Und Einhörner – nun, eigenwillige Tiere sind das."
Kori sah sich um. „Am besten wir gehen los. Es wird bald dunkel." Er stand auf und schulterte seinen Rucksack.
Ich sah zum Himmel. Die Sonne stand hell und klar am Himmel. Dann stand auch ich auf. Kori zupfte sich etwas aus der Wiese ab und steckte es in den Mund. „Hmm, Hirtentäschel. Die liebe ich."
„Wie hat Santara dich denn verständigt? Sie hatte doch gar keine Zeit! Ich bin doch auch erst kurze Zeit hier."
Kori grinste. „Wir vom blauen Volk haben andere Möglichkeiten uns zu unterhalten."
„Meinst du etwa Telepa…, na du weißt schon."
Kori lachte: „Keine Ahnung, welches komplizierte Wort ihr für so was Einfaches erfunden habt. Wir lesen einfach unsere Gedanken. Und Santara hat mir auf diesem Weg eine Nachricht geschickt. Hast Glück gehabt, dass ich gerade in der Nähe war. Sonst hättest du die Nacht hier allein verbringen müssen."
Ich schluckte. Darauf konnte ich gut verzichten.
Ich drehte mich um. Wir hatten schon ein Stück zurückgelegt. Aber einen Weg konnte ich nicht erkennen und Berge schon gar nicht.
„Sag mal, kennst du dich auch wirklich hier aus? Ich mein, wenn du mich zu den Höhlen bringen sollst. Hier sind doch meilenweit keine Berge zu sehen."
Kori lachte erneut. „Wer hat denn was von Bergen gesagt. Hast du etwa Angst?"

Ich schüttelte den Kopf. Aber etwas mulmig war mir schon. Wo waren Santara und Kiriane? Würde ich sie wiedersehen? Würden sie mich finden? Und wenn nicht, wie sollte ich wieder nach Hause kommen?

Vor uns floss ein Bach und Kori begann eben, ihn von einem Stein zum nächsten hüpfend zu überqueren.
„Los, wer zuerst drüben ist", schrie er.
Das ließ ich mir nicht zweimal sagen. Ich spurtete los und schaffte es sogar ihn zu überholen. Doch beim letzten Stein glitt ich aus und fiel ins Wasser.
Kori stand am anderen Ufer und prustete vor Lachen. Na warte!
„Lach nicht, hilf mir!" Ich streckte ihm meine Hand entgegen und als er zupackte, zog ich ihn ins Wasser.
Wir tobten durch das Wasser, bis es uns zu viel wurde. Dann kletterten wir erschöpft ans Ufer. Verwundert sah ich mich um.
Die Sonne stand bereits tief.
Kori schüttelte das Wasser aus seinem Ohr.
"Mist", sagte er mit Blick auf die untergehende Sonne. „Wir müssen hier irgendwo einen Schlafplatz suchen. Das wird Santara gar nicht gefallen."
Und mir auch nicht.
Wir sahen uns um. Patschnass wie wir waren. Etwas weiter links erblickten wir ein paar Bäume.
„Die sehen wir uns etwas genauer an!", befand Kori und wir liefen los. Zuerst langsam, dann immer schneller, denn die Sonne verschwand zusehends hinter dem nächsten Hügel. Und dann im letzten Dämmerlicht erreichten wir die Baumgruppe. Es waren Fichten, in deren Mitte eine alte, hohe Eiche stand.
Kori ging auf die Eiche zu. „Da oben, siehst du dieses Loch? Sieht leer aus. Da können wir uns bis zum Sonnenaufgang verkriechen. Ein Lagerfeuer wäre jetzt toll. Aber dann erwürgt mich Santara."

Eine Baumhöhle ungefähr zwei Meter über dem Boden. Bei unserer momentanen Größe. Keine Leiter.
Kori begann den Stamm zu erklettern. Er sah zu mir und zögerte.
„Das ist doch wohl kein Problem für dich?"
„Äh, ehrlich gesagt – doch."

Kori sprang wieder auf den Boden. Er sah mich an.
„OK ... Dann ... am besten ... gut. Wir machen es so. Ich klettere hoch, seh mir das Loch an. Und dann helfe ich dir hoch. Irgendwie." Kori kratzte sich am Kinn.
„Hast du kein Seil in deinem Rucksack?", fragte ich hoffnungsvoll.
„Ein Seil. Das ist es! Aber nein. Ich habe keins", fügte Kori traurig hinzu.
Kein Seil. „Aber wir könnten unsere Klamotten aneinander knoten!"
Kori sah unsere Sachen an und schüttelte den Kopf. „Reicht nicht."
Mir wurde kalt in meinen nassen Sachen, deshalb begann ich mein T-Shirt auszuziehen.
„Gute Idee!" Auch Kori zog sein T-Shirt über die Ohren.
Als ich aus meinen Jeans schlüpfte, spürte ich etwas in meiner Hosentasche. Ich griff hinein. Mein Jojo.
„Ich hab was!" Aufgeregt hielt ich Kori das abgewickelte Jojo hin. Bei meiner jetzigen Größe kam mir die Schnur wie ein Seil vor. Seine Miene hellte sich augenblicklich auf. „Damit schaffen wir's! Du musst das Seil nur erreichen."
Kori stopfte unsere Kleider schnell in seinen Rucksack, zog ihn an und im letzten Licht der Sonne erklomm er flink wie ein Eichhörnchen den Stamm. Er verschwand im Loch.
„Ziemlich eng, aber für eine Nacht geht es. Kannst du etwas Gras ausreißen, als Polster? Ziemlich hart hier drinnen."
Ich drehte mich um und begann hastig Gras auszureißen. Kori saß am Loch und warf mir die Schnur des Jojos herunter. Ich konnte sie kaum mehr erkennen. Wie sollte ich sie packen? Beide Hände waren voll Gras. Ich steckte das Gras kurzerhand hinten in meine Unterhose und nahm Anlauf. Ich sprang und packte die Schnur. Dann begann ich mit den Beinen den Stamm hochzulaufen. Oben hörte ich Kori vor Anstrengung keuchen. Nur nicht aufgeben, ich bin der dunkle Krieger. Nur nicht aufgeben! Mir taten meine Hände weh. Meine Arme. Doch dann hatte ich es geschafft. Keuchend kletterte ich in das Loch. „Da", keuchte ich, „das Gras. Hirtentäschel ist auch dabei."
Kori sah mich bewundernd an.
Wir breiteten das Gras aus, so gut es ging. Zum Hinlegen war das Loch zu klein, aber wir konnten uns zumindest bequem hinsetzen.

Kori griff nach seinem Rucksack und zog unsere nassen Klamotten heraus.
„Wir müssen sie irgendwo aufhängen. So können wir sie morgen nicht anziehen. Bin gleich wieder da."
Er verschwand mit den Kleidern im Arm. Ich sah ihm hinterher, konnte ihn aber bei der Dunkelheit nicht mehr erkennen. Nach ein paar Minuten kehrte er zurück.
„Hab sie in die Krone gehängt. Vielleicht trocknen sie über Nacht."
Ich war froh, nicht mehr allein zu sein. Es war einigermaßen gemütlich in der Baumhöhle, aber an schlafen nicht zu denken. Kori raschelte im Gras. „Danke für die Hirtentäschel. Hab Hunger. Mm. Du magst keine, oder?"
Nein, mochte ich nicht. Komisch. Mir fiel ein, dass ich schon seit Stunden nichts gegessen hatte. Und immer noch verspürte ich nicht den geringsten Hunger.
„Danke. Nein. Ich hab nicht den geringsten Hunger. Verstehst du das? Macht wohl die ganze Aufregung", murmelte ich.
„Nee, das Blatt unter deiner Zunge. Haben sie dir das nicht gesagt? Macht angeblich satt. Aber vielleicht hast du Durst."
„Oh ja."
Ich hörte, wie Kori erneut den Rucksack öffnete und in ihm wühlte.
„Hier. Aber du weißt ja, das Bl..."
„Ich weiß!"
Etwas genervt tastete ich nach der Flasche, die mir Kori hinhielt.
Es war inzwischen so finster, dass ich überhaupt nichts mehr sehen konnte. Gar nichts. Nicht zu vergleichen mit der Finsternis, die ich von zu Hause kenne. Hier war es absolut finster. Keine Straßenlaterne, kein Lichtschimmer war zu sehen. Und Sterne konnte man durch die dichten Baumkronen auch nicht erkennen.
Der Sirup tat mir auch dieses Mal gut. Ich trank einige kleine Schlucke und reichte die Flasche an Kori zurück.
„Kori, kannst du mir was über den dunklen Krieger erzählen?"
„Der dunkle Krieger ...", begann Kori, „ist der große Held bei uns. Jedes Kind, oder zumindest jeder Junge träumt davon, er wäre der Auserwählte. Die Mädchen, na ja, die wollen den wahrscheinlich heiraten oder so." Koris Stimme klang so genervt, dass ich kichern musste.

„Nach der Prophezeiung wird er kommen und die Reiche der Menschen mit denen der anderen Wesen wieder vereinen. Dann wird Frieden herrschen. Es gab schon zu Urzeiten Versuche, ihn zu finden. Doch bisher hatten die Weisen keinen Erfolg. Sie haben ihn bei den Elfen gesucht, bei den Zwergen und bei unzähligen anderen Völkern und nun ...", Kori schwieg für eine kurze Zeit und fuhr dann fort, „niemand passte zu der Beschreibung. Viele wollten und es gab Streit. Dann hat der hohe Rat beschlossen ..."
„Der hohe Rat?"
„Eine Versammlung aller Wesen hier. Also beschlossen, ihn bei euch Menschen zu suchen. Nach einiger Zeit wurdest du auserwählt und den Rest kennst du ja."
Den Rest kannte ich.
Kori gähnte laut. Auch ich merkte nun, wie müde ich war.

Der Drache bewegte sich auf mich zu. Ich war starr vor Entsetzen. Wie sollte ich ihm hier entkommen? Ich konnte mich ja vor lauter Enge nicht richtig bewegen.
Dann öffnete er das Maul und spuckte Feuer. Lodernde Flammen kamen auf mich zu. Ich sprang auf ... und haute mir gewaltig den Kopf an. Ein Traum! Gott sei Dank nur ein Traum.
Es begann langsam hell zu werden. Die Luft roch frisch und klar. Kori streckte sich und gähnte. „Morgen", murmelte er und wischte sich den Schlaf aus den Augen. „Ich seh mal nach unseren Klamotten."
Er kroch aus dem Loch und war kurz darauf mit unseren Kleidern unter dem Arm wieder da.
„Sind so gut wie trocken."
Wir zogen uns an und dann kam, wovon mir schon gestern gegraut hatte: der Abstieg.
Kori blieb oben und ich kletterte, mich am Jojo-Seil festhaltend, nach unten. Zu meiner Erleichterung ging das echt leicht. Kori kletterte flink herab und reichte mir mein Jojo.
„Tolles Ding", sagte er.
„Kannste behalten."
„Danke. Echt super!" Kori steckte das Jojo grinsend in seinen Rucksack. Es war nun richtig hell geworden.
Wir marschierten los. Es war noch recht kühl und ich war froh,

meine Kleider wieder am Leib zu haben. Doch als wir aus der Baumgruppe heraustraten, spürten wir bereits die warmen Strahlen der Sonne. Der Boden dampfte nach der kühlen Nacht. Es war ein schöner Anblick. Die Bienen surrten über die Wiese und ich hatte mich nun auch daran gewöhnt, dass sie fast so groß waren wie mein Kopf.

Wir liefen vergnügt über die Wiese und spielten Fangen.

Plötzlich hielt Kori inne. „Wir sind fast da, aber ich muss erst nachsehen. Bitte versteck dich einstweilen hier im Gras."

Kori verschwand zwischen den Grashalmen.

Ich legte mich also ins Gras, steckte einen Grashalm zwischen die Lippen und ließ mich von der Sonne wärmen. Das Leben könnte so schön sein. Ich seufzte.

„He! Du! Liegst mitten in meiner Bahn! Unverschämtheit! Weg! Hörst du nicht? Weg du Bengel!"

Verwundert setzte ich mich auf. Neben meinem rechten Knie saß ein dicker schwarzer Käfer. Oder besser, er stand und hatte beide Hände in die Hüften gestemmt.

„Ich sage, du sollst weg! Hast du was mit den Ohren?"

„Äh – Entschuldigung." Ich rappelte mich auf und sah mich um. Wo blieb Kori nur so lange?

„Ich – also ich wusste nicht, dass das hier eine Straße oder so ist."

„Ist es auch nicht. Straße! Pah. Sieht das nach Straße aus? Natürlich nicht! Das ist mein Weg. Meiner! Hier gehe ich immer!"

„Wie – dein Weg?", ich war verblüfft. „Woher willst du das so genau wissen? Sieht doch alles gleich aus, oder zählst du die Grashalme?" Langsam wurde ich sauer.

„Und wenn, dann könnte es dir doch egal sein. Also weg mit dir! Überhaupt, was bist du überhaupt? Größe wie ein Zwerg, aber siehst nicht so aus. Also verschwinde! Oder soll ich dir Beine machen?"

Beine machen! Dieser fette Käfer. Ich grinste.

„Kannste ja versuchen. Ich bin der dunkle Krieger! Ich weiche keinen Zentimeter von der Stelle." Ich setzte mich wieder und streckte meine Beine aus. Sollte dieser kleine Kerl nur versuchen, mich zu verscheuchen! Mich, den dunklen Krieger!

Der Käfer sah mich abschätzend an und griff hinter sich. Er hatte plötzlich einen kurzen Grashalm in der rechten Hand (oder wie immer man das bei Käfern nennt). Ich lachte laut los: „Soll das deine

Lanze sein? Na, dann versuch dein Glück. Ich sterbe ja schon vor Angst."
Doch statt anzugreifen, setzte der Käfer den Strohhalm an die Lippen und blies. Zu meiner Überraschung erscholl ein tiefer Ton. Siegesgewiss stand der Käfer vor mir. Ich sah mich erstaunt um. Überall raschelte es im Gras und schnell sammelten sich die verschiedensten Insekten um meinen Widersacher. Ich zog die Beine an. Die Insekten stellten sich in Dreierreihen vor dem fetten Käfer auf. Es waren bestimmt dreißig und immer noch raschelte es im Gras. Lach jetzt bloß nicht über diese Zahl, sondern stell dir lieber vor wie es wäre, wenn du einer Armee – und das war eine – von Insekten gegenüberstehen würdest, 30-50 Stück, wobei jeder Käfer, jede Ameise fast so groß wie dein Kopf wäre!
Also mir ist das Lachen vergangen. Der dicke Käfer begann sich mit stolz geschwellter Brust zu räuspern. „Soldaten ..."
Und ich begann zu fliehen. Schnell. Ich rannte einfach los. Das hohe Gras peitsche mir ins Gesicht. Ich rannte einfach weiter. Ohne mich umzublicken. Nur weg.
Nach einiger Zeit blieb ich stehen. Atemlos. Ich duckte mich ins Gras und horchte angestrengt. Nichts. Wenn die Insekten mich verfolgt hatten, dann hatten sie es inzwischen wohl aufgegeben. Ich stand auf und sah mich um. In welche Richtung war Kori vorhin gegangen? Wo blieb er nur? Wie sollte er mich finden?
Da bewegte sich vor mir das Gras. Ich hielt die Luft an. Das Gras teilte sich und Kori stand vor mir. Atemlos. „Spinnst du?", schrie er mich an. „Ich suche dich schon eine ganze Weile. Weißt du was ich mir für Sorgen gemacht habe? Um dich und um meinen Hals?"
Ich sah auf meine Fußspitzen. „Tut mir leid", murmelte ich.
„Tut dir leid? Weißt du was hier auf dem Spiel steht? Es gibt nur einen dunklen Krieger. Wir haben nur dich. Ohne dich sind wir verloren. Wieso bist überhaupt von unserem Treffpunkt weg?", fragte er in versöhnlicherem Ton.
Was sollte ich sagen? Er setzte so viel Hoffnung in mich. Ich wollte ihn einfach nicht enttäuschen.
„Mir war so langweilig", murmelte ich.

Wie hätte ich dem jungen Zwerg auch erklären können, dass sein dunkler Krieger vor einer Horde Insekten geflohen war. Noch heute wünsche ich, ich hätte es getan. Aber wie hätte ich das damals auch nur ahnen können.

Die Höhlen

Santara starrte noch immer auf das kleine silberne Messer in ihrer Hand. Wenn das wahr war. Wenn die Zwerge wirklich zu den Ghulen übergelaufen waren. Dann, dann befand sich Tom in höchster Gefahr. Wo blieb nur Kiriane? Santara sah nach oben, wo eben auch das Eichhörnchen zwischen den Zweigen verschwunden war. Vor Aufregung hatte Santara ganz vergessen es nach seinem Namen zu fragen.
Santara steckte Daumen und Zeigefinger in den Mund und pfiff. Unruhig blickte sie nach oben in die Kronen der Bäume. Der Wald hatte sich beruhigt. Nichts ließ darauf schließen, dass etwas Ungewöhnliches geschah. Und doch!
Immer noch nichts von Kiriane zu sehen. Santara seufzte tief. Sie konnte nicht länger warten. Sie musste los, um Tom zu suchen. Unter anderen Umständen hätte sie mit Kori Kontakt aufnehmen können. Aber jetzt? Zu gefährlich. Konnte sie Kori trauen? War er noch er selbst oder wurde er von den Ghulen beeinflusst?
Wieder seufzte Santara. Da landete die Elfe schnaufend und nach Luft ringend vor ihr auf dem Ast.
„Wo warst du so lange?"
„Ich, du wirst es nicht glauben. Ich... Moment ich muss noch etwas ... Luft. Gleich." Kiriane atmete noch immer heftig. „Ich bin den ganzen Wald abgeflogen. Den ganzen."
Stolz sah sie Santara an. Doch als von ihr kein Lob kam, fuhr sie schnell weiter. „Zuerst hörte ich gar nicht. Und was ganz komisch war, ich sah auch nichts. Überhaupt nichts. Keine Waldelfen. Kein Wurzelzwerg. Nichts. Nicht mal Eichhörnchen." Kiriane holte wieder Luft.

„Die Eichhörnchen waren ja auch bei mir. Weiter!"
Beleidigt sah Kiriane Santara an. Sie zögerte kurz und fuhr dann fort, „ich bin also durch den g a n z e n Wald geflogen und sah nichts. Verstehst du? Wo bitte sind all die Waldbewohner hin? Keine Elfe! Kein Zwerg! Nichts!"
„Doch. Ein Zwerg war da. Einer, der hier normalerweise nichts zu suchen hat", sagte Santara und hielt Kiriane das Messer hin.
Kiriane starrte auf das Messer und nun war es an Santara, ihr die Neuigkeiten mitzuteilen.
„Santara, weißt du was das bedeutet? Das ist das Messer eines Kristallzwerges. Wir müssen sofort zu Tom. Er ist in großer Gefahr."

„Wir sind fast da." Kori klang noch immer verärgert. Er nahm meinen Arm, so als hätte er Angst, ich könnte ihm davonlaufen.
„Noch ungefähr 10 Minuten Fußweg und wir sind bei den Höhlen."
Ich sah mich um. Kein Berg in Sicht. Verwundert blickte ich Kori an.
„Wo bitte sollen hier Höhlen sein? Willst du mich verarschen?"
„Den dunklen Krieger? Glaubst du das würde ich wagen?", Kori grinste mich an.
„Es würde dir auch schlecht bekommen, mein Freund!", tönte ich und schnappte mir einen Grashalm, „Oder wagst du einen Zweikampf mit dem größten Helden des Universums?"
„Wenn Ihr es wünscht, mein Held!"
Auch Kori schnappte sich einen Grashalm und wir begannen einen heftigen Schwertkampf. Kori beherrschte die Kunst des Schwertes, wie ich eingestehen musste, ziemlich gut. Aber ich konnte es mit ihm aufnehmen. Ich drängte ihn zurück und er stolperte.
„Ergibst du dich und schwörst ewige Treue?" Ich setzte ihm den Grashalm auf die Brust.
„Hab ich eh schon. Wir müssen weiter", murmelte der Zwerg.
Ich reichte ihm die Hand und half ihm hoch.
Eine Zeit lang gingen wir schweigend nebeneinander her.
„Nun sag schon. Wo sind denn nun diese Höhlen?"
Kori sah mich mit merkwürdiger Miene an: „Hast du schon einmal

von den Kristallzwergen gehört?"
„Na ja, ich habe eine CD von denen. Sie holen die Kristalle aus dem Berg und bringen sie zu den Menschen. Aber das ist ein Märchen. Für Kinder. Verstehst du?"
Kori schüttelte den Kopf.
„So einfach ist das nicht. Ihr Menschen habt daraus ein Märchen gemacht. Und wer an eure ‚Märchengestalten' glaubt, der spinnt."
„Na ja, Zwerge. Ich weiß nicht."
„Und was bin ich, deiner Meinung nach?"
Uff. Das hatte ich fast vergessen. Ich sah Kori an. Er war kein Mensch. Er war so groß, wie ich mit dem Blatt unter der Zunge. Aber ein Mensch war er eindeutig nicht. Die Gesichtszüge waren irgendwie anders. Frech. Verschmitzt. Und auch die Haut hatte einen anderen Farbton als bei Menschen, egal aus welchem Land sie ursprünglich kommen, und die Ohren. Sie waren spitz.
„Ein Vulkanier", spöttelte ich.
Kori sah mich unverständlich an. „Meinst du Venusier? Die sehen anders aus."
Nun war es an mir, verständnislos zu blicken.
„Nein, im Ernst. Du bist mein Freund."
Ich sah Kori an. Der drehte verlegen den Kopf zur Seite und ich glaube, er wurde sogar etwas rot.
„Wir sind da!", sagte er plötzlich.
Ich blickte mich um und sah nichts. Nur Gras und Wildblumen. Die Bienen brummten über uns hinweg und ab und zu schwirrte ein gelber Schmetterling vorbei. Aber sonst?
Kori bückte sich und schob das Gras auseinander. Nun erst fiel mir auf, dass es an dieser Stelle viel kürzer war als anderswo. Zwischen den kurzen Grashalmen verborgen, lag ein Stein. Nicht größer als meine Faust.
Kori sah sich sorgfältig um. Er legte den Zeigefinger an die Lippen. Ich war ganz still, hielt die Luft an. Kori dreht den Kopf in alle Richtungen und lauschte angestrengt. Dabei bewegten sich seine Ohren. Ich musste kichern. Doch ein böser Blick aus Koris Augen ließ mich sofort wieder still werden. Der dunkle Krieger kichert nicht!
Als sich Kori sicher war, nichts Außergewöhnliches zu hören – was mich bei dem Lärm, den die Bienen hier veranstalteten, auch

nicht wunderte – schob er den Stein zur Seite. Einen kleinen Stein, wie gesagt und es kam ein Loch zum Vorschein. Ein Loch, das ungefähr so groß war wie ich im Moment hoch.
„Wie ist das möglich?", fragte ich erstaunt.
Doch Kori schüttelte den Kopf und schob mich näher an das Loch heran. Als ich keine Anstalten machte hineinzuspringen, verdrehte er die Augen, setzte seinen Rucksack auf seinen Bauch und kletterte hinab. Ich beobachtete ihn aufmerksam. Schien nicht zu tief zu sein. Ich sah mich um und kletterte hinterher und stand kurze Zeit später auf felsigem Boden. Ich war kaum unten angekommen, als Kori schon versuchte den Stein von unten wieder über das Loch zu schieben. Ich half ihm dabei. Es war nun stockdunkel. Ich seufzte. Nicht schon wieder. Es roch nach Erde und ... ich schnüffelte, nach Fichtennadeln. Ich hörte, wie Kori in seinem Rucksack wühlte und plötzlich flammte ein Licht auf. Kori hielt einen Stab in der Hand, der von innen leuchtete. Verblüfft sah ich ihn an.
„Komm!", sagte Kori und ging voran.
Nun sah ich, dass das Loch in einen Gang überging, der uns tiefer in die Erde hineinführte. Der Gang war so breit und hoch, dass ein Zwerg bequem durchgehen konnte. Die Wände waren felsig. Sie fühlten sich rau an. Hatten viele Ecken und Kanten. Konnte es sein, dass dieser unterirdische Weg künstlich angelegt worden war? Doch wer sollte sich so eine Mühe machen und warum?
Wir folgten dem Gang eine ganze Weile. Er führte uns immer tiefer hinab. Plötzlich blieb Kori stehen. Ich sah an ihm vorbei und erkannte, dass wir eine Abzweigung erreicht hatten.
„Nach rechts!", bestimmte Kori.
Wir bogen ab. Ich hielt mich eng hinter dem jungen Zwerg, im Lichtschein des Stabes. Der Weg führte uns nun steiler nach unten. Wir traten einige Steinchen los, die vor uns in die Tiefe kullerten. Kein Wunder, dass ich keine Berge gesehen hatte! Kori hatte die ganze Zeit eine Höhle im Inneren der Erde gemeint!
Plötzlich hielt Kori wieder inne. Der Weg teilte sich erneut. Kori begutachtete die beiden sich trennenden Pfade und kratzte sich am Kinn.
„Weißt du etwa nicht mehr weiter?"

„So einfach ist das hier nicht. Eigentlich ist es auch egal. Nun ja, wenn man die Gefahr kennt!"
Gefahr! Na toll!
„Wir nehmen den linken!"
Wir gingen also nach links. Nach einiger Zeit wurde der Gang niedriger und wir mussten uns bücken. Keuchend gingen wir weiter.
„Kori, meinst du nicht, wir sollten umkehren und den anderen Gang versuchen?"
„Zu spät!"
So ein Blödsinn! Ich drehte mich um und was ich sah, ließ mir das Blut in den Adern gerinnen. Hinter uns befand sich nun eine glatte Felswand. Der Gang den wir gekommen waren, war verschwunden!
Ich streckte meine Hand aus und befühlte die Wand. Massiver Fels.
„Aber wie ist das möglich? Ich verstehe..."
„Los, wir müssen weiter! Hier stimmt was nicht. Warum nur ...? Los komm!", drängte Kori.
Der Gang führte eben weiter. Doch die gebückte Haltung machte uns Schwierigkeiten. Wir hatten uns schon einige Beulen geholt. Deshalb krochen wir. Wir keuchten vor Anstrengung. Meine Knie taten mir weh und auch meine Hände. Überall lagen kleine spitze Steinchen, die sich in die Haut bohrten. Ich drehte mich mehrmals um und sah immer das gleiche gespenstische Bild. Unmittelbar hinter mir endete der Gang und eine massive Felswand versperrte uns den Rückweg.
Doch dann wurde der Gang wieder höher. Wir konnten aufrecht gehen. Hier hatte ich sogar in meiner normalen Größe bequem laufen können.
Kori hielt an.
„Wir sind fast da. Aber vorher haben wir noch ein Problem zu bewältigen. Komm neben mich. Aber langsam."
Ich trat langsam neben ihn. Zu meinem Entsetzen befand sich vor uns ein Loch. Kori hielt den Stab hinein. Man konnte den Boden nicht sehen.
„Müssen wir da etwa hinunter?"
„Nein. Nur auf die andere Seite."

Na Klasse. Die andere Seite. Von der anderen Seite trennte uns ein ungefähr ein Meter breites Loch ohne Boden. Ich warf ein paar Steinchen in die Tiefe und es dauerte fünf Sekunden bis sie auf den Grund prallten.
„Tief!", sagte ich und sah Kori an.
„Ziemlich tief."
Wir saßen vor dem Loch. Das Licht aus Koris Stab flackerte.
Kori nahm seinen Rucksack ab und begann darin zu wühlen.
„Warum haben wir überhaupt diesen Weg genommen, wenn wir hier nicht durchkommen?", motzte ich. Blödsinn, hier lang zu gehen!
Kori zögerte.
„Das ist normalerweise der einfachste Weg. Aber wir vom blauen Volk haben so unsere Möglichkeiten uns zu schützen."
„Und wie bitte? Versetzt ihr Berge oder so?" Ich kicherte. Immer diese Geheimnistuerei. Andere Möglichkeiten. Quatsch.
„Jep!"
„Was? Ihr könnt Berge versetzen?" Ich schnappte nach Luft.
Kori stöhnte. „Dieser Gang führt normalerweise bequem zur großen Halle. Aber es muss etwas passiert sein. Sie haben wohl beschlossen, dass er nicht mehr sicher ist. Wenn jemand eindringt, ohne Licht und Ortskenntnisse. Plumps."
Plumps. Ins Loch. Mir lief ein kalter Schauer über den Rücken.
„Ich habe eine Idee. Sie ist nicht ganz ungefährlich. Aber es könnte klappen."
Kori hatte das Jojo in der Hand und rollte es ab.
„Siehst du den Felsvorsprung dort?"
Er deutete mit dem Lichtstab auf die Felswand direkt neben dem Loch. Wie ich nun sehen konnte, befand sich in halber Höhe zur Decke ein schmaler Felsvorsprung. Ich nickte.
„Ich werde versuchen, dort hinaufzuklettern. Ich kann es schaffen. Und dann werde ich an der Höhlendecke einen Haken anbringen."
Kori hatte aus seinem Rucksack einen Hammer und einen Haken hervorgebracht. „Ist nicht dein Ernst! Ihr Zwerge habt echt Hammer und so was? Ich dachte das gibt's nur im Märchen. Schneewittchen und so."
Kori stöhnte auf.

„Tschuldigung", murmelte ich. „Aber im Ernst, du kannst da nicht hochklettern, das ist zu gefährlich. Was ist, wenn du fällst?"
„Hast du 'ne bessere Idee?"
Nein hatte ich nicht. Nicht mal den Ansatz.
Kori hielt das Jojo hoch. „Wir nehmen es als Sicherungsleine. Du kannst das Ende halten."
Er begann sich die Schnur um den Bauch zu binden.
„Aber", fuhr er fort, „aber, wenn ich abstürze und du es nicht schaffst, mich hochzuziehen, musst du loslassen!"
„Nie und nimmer!", ich schrie das heraus.
„Versprich es mir!"
„Nie und nimmer!"
„Versprich es! Es nützt nichts, wenn wir beide da unten liegen. Los!"
„Das kann ich nicht! Und überhaupt, was sollte ich ohne dich tun?" Mir standen die Tränen in den Augen.
Kori sah mich an. „Versprich es!", flüsterte er.
Ich nickte. Und wischte mir verstohlen eine Träne aus den Augen.
Kori nickte ebenfalls. Er stand auf, legte den Leuchtstab auf den Boden und gab mir das Ende des Jojo-Seils in die Hand. Ich wickelte es um meine rechte Hand und suchte mit den Beinen Halt.
Kori sah mich an.
„Vergiss nicht. Du hast es versprochen!"
Wieder nickte ich.
Kori steckte sich den Hammer in den Gürtel und tastete die Felswand ab. Ich konnte nur dastehen und warten und hoffen. Hoffen, dass er meine Hilfe nicht brauchen würde. Konnte ich das im Ernstfall wirklich tun? Konnte ich loslassen? Ihn sterben lassen? Ich hatte es versprochen. Du hast Recht, nicht mit Worten. Aber mit Taten. Ich hatte genickt und das war genauso viel wert wie ein Wort. Ich hatte es versprochen. Aber ich hoffte mit jeder Faser meines Körpers, dass es nicht so weit kommen würde.
Kori stand dicht am Loch und holte nun den Hammer aus seinem Gürtel. Er klopfte auf die Felswand ein. Es klang gespenstisch. Der Hammerschlag hallte durch den Gang. Ich sah mich um und erschrak. Die Felswand war nun direkt hinter uns. Was, wenn sie noch näher rückte? Konnte sie uns ins Loch drängen? War alles umsonst? Ich sah, wie Kori den Hammer wieder in seinen Gürtel

steckte und nun seinen rechten Fuß in die Mulde setzte, die er eben in den Fels gemeißelt hatte. Als seine Hände Halt gefunden hatten, holte er wieder den Hammer und begann wieder zu klopfen. Ich hielt den Atem an. Was, wenn er das nicht schaffte. Es sah gefährlich aus. Wieder sah ich mich um. Die Felswand war immer noch direkt hinter mir. Anscheinend hatte sie aufgehört sich zu bewegen. Aber wie lange noch?

„Scheiße!"

„Was ist?"

„Wasser. Der Fels ist feucht", keuchte Kori.

Ich konnte es nicht erkennen. Dafür war das Licht zu duster.

„Schaffst du es?"

„Hm", keuchte der junge Zwerg.

Die Zeit schien stehen zu bleiben. Doch neben dem vor Anstrengung keuchenden Kori konnte ich nun auch das stetige Tropfen hören.

Tropf. Pause. Tropf. Pause.

Kori tastete noch immer die Wand ab. Er hing nun genau über dem Loch. Wenn er nun fallen würde...

Der Kristall

Santara schritt in der Halle der Zwerge auf und ab. Sie hatte ihre Hände hinter dem Rücken gefasst und lief die Halle wohl zum 100. Mal ab.
„Wo bleiben sie nur?", murmelte sie wieder und immer wieder. „Sie müssten schon lange da sein. Wir warten schon die ganze Nacht! Es ist bereits später Vormittag. Wir müssen Tom suchen."
Kiriane flatterte aufgeregt auf und ab.
Und so verließen die beiden die Halle.

Kori stöhnte auf.
„Was ist?" Ich erschrak. Aber eine Antwort erhielt ich nicht. Kori hatte wieder seinen Hammer in der Hand und unter seinen fachkundigen Schlägen entstand eine neue Mulde. Immer höher zog er sich. Und nach endlosen Minuten – oder waren es Stunden – stand er auf dem Felsvorsprung. Ich atmete auf. Kori grinste zu mir herüber. Sein Gesicht war vor Anstrengung gerötet und vom Staub der Felswand dreckverschmiert.
Dann richtete er seine Aufmerksamkeit wieder auf den Fels. Er stand auf dem Vorsprung und tastete die Höhlendecke ab. Nach einiger Zeit schien er zufrieden zu sein und trieb mit geübten Hammerschlägen einen Haken hinein. Dann steckte er den Hammer zurück in seinen Gürtel. Er wischte sich den Schweiß mit dem Ärmel aus dem Gesicht.
„So. Das hätten wir!"
Er band das Jojo-Seil von seinem Bauch los.
„Was machst du da?", schrie ich ihn an. „Spinnst du?" Ich war völlig fassungslos.
„Wie soll ich es sonst hier festbinden?"

„Wie willst du wieder zurückkommen?"
Kori band das Seil am Haken fest.
„He, ich rede mit dir!"
„Lass los!"
„Nein, ich lass dieses verdammte Seil nicht los!"
„Lass los! Dann bin ich schneller zurück!"
„Ich will aber nicht! Überhaupt ist mir das alles zu gefährlich! Abenteuer okay. Aber wir können hier sterben. Davon hat mir keiner was gesagt!"
Kori stand noch immer auf dem Felsvorsprung.
„Lass endlich los!", schrie er.
Also ließ ich los. Ich ließ los und plumpste auf den Boden. Völlig sprachlos sah ich, was nun passierte. Kori packte das Seil mit beiden Händen oben am Haken und stieß sich ab. Er baumelte über das Loch hinweg auf mich zu.
„Fang mich!", schrie er und ich packte zu und erwischte ihn am Hosenbund.
Keuchend lagen wir uns in den Armen. Er hatte es geschafft.
„Spinnst du? Was, wenn der Haken nicht gehalten hätte? Ich hätte überhaupt nichts für dich tun können."
„Erstens: meine Haken halten immer, schließlich bin ich ein Zwerg. Und zweitens: irgendwann hätten wir ausprobieren müssen, ob er hält. Und nun wissen wir es."
Wir lagen am Boden. Kori keuchte noch immer vor Anstrengung.
„Ich geh zuerst", sagte ich.
„Nein." Kori schüttelte den Kopf.
„Doch. Dieses Mal geh ich als Erster." Ich war mir sicher.
Kori nickte. Er begann seinen Rucksack zu packen. Dann reichte er mir seinen Lichtstab. Ich steckte ihn in meinen Hosenbund. Cooler wäre es ja gewesen, ihn zwischen die Lippen zu nehmen, aber ich wusste nicht, ob er so viel Spucke aushalten würde.
Ich stand auf, packte das Seil mit beiden Händen. Merkwürdig. Einst war das ein ziemlich nutzloses Jojo. Ein Werbegeschenk. Lange Zeit hatte es in irgendeinem Schub in meinem Zimmer vor sich hingegammelt und nun, nun sollte ich ihm zum zweiten Mal mein Leben anvertrauen. Ich seufzte, holte tief Luft. Und dann, dann stieß ich mich ab. Und flog durch die Luft. Über dieses bescheuerte Loch hinweg.

„Yeah!"
Wie in ‚Spirit', als sie den Soldaten über den Abgrund hinweg entkamen. Meine Füße schrubbten über den Fels auf der anderen Seite. Geschafft. Ich gab dem Jojo einen kräftigen Schubs und Kori fing es geschickt auf.
Wenig später stand auch er neben mir.
Wir sahen uns an. Geschafft.
Kori zog einige Male fest am Jojo-Seil und hatte es dann in der Hand. Er rollte es ehrfurchtsvoll ein und verstaute es in seinem Rucksack.
„Komm, wir sind fast da!"
Kori ging, nun wieder den Lichtstab haltend, voran. Der Gang wurde immer breiter. Er verlief in Windungen. Bergab. Immer weiter in die Erde hinein. Die Wände waren längst trocken. Unsere Schritte hallten. Plötzlich blieb Kori stehen. Ich stieß mit ihm zusammen.
„Wir sind fast da."
Er packte den Lichtstab in den Rucksack und ich bemerkte nun, dass vor uns eine Lichtquelle sein musste, deren Licht sich bis in den Gang hinein erstreckte. Wir gingen weiter. Nach einer weiteren scharfen Biegung blieben wir geblendet stehen. Ich kniff die Augen zusammen und schützte sie mit meinem Arm. Das Licht, das uns so plötzlich entgegenstrahlte, war so hell, dass es uns in den Augen stach. Dennoch versuchte ich zu erkennen, was uns so blendete.
Wir standen in einem großen Raum. Hoch war er. Eher eine Halle. Rund. Hoch. Und tief unter der Erde musste er sein. An den Wänden schimmerte es in allen Farben. Rot, blau, grün, gelb. Steine. Steine, die strahlten.
Langsam hatten sich meine Augen an die Helligkeit gewöhnt. Kori hatte ebenfalls den Arm von den Augen genommen und sah mich an.
„Und?" grinste er. „Cool, oder?"
Ich sah mich weiter um. Die Steine. An den Wänden. Konnten das...? War es möglich, dass das echte Edelsteine waren?
Kori grinste noch immer. Er nickte. „Smaragde, Saphire, Rubine. Alles echt."
Wahnsinn!

Die Steine strahlten in den verschiedensten Farben. Es waren auch orange und gelbe dabei. Ach was sag ich, es gab einfach alle Farben, die du dir nur vorstellen kannst. Aber das eigentliche Licht, das kam von der Mitte des Raumes. Dort stand oder besser lag auf einer Säule ein Stein. Ein durchsichtiger, klarer Stein. Und der strahlte. Er strahlte und erhellte dadurch den gesamten Raum. Ehrfürchtig trat ich näher. Ich hob die Hand, doch bevor ich ihn berührte, hielt ich inne und sah zu Kori.

„Mach ruhig", beruhigte er mich. Ich hob also die Hand und berührte diesen Stein. Ich legte meine beiden Hände auf ihn und spürte seine Wärme. Ob du es glaubst oder nicht, der Stein war warm. Ich hatte das Gefühl, er schmiegte sich in meine Hand. Ich stand also da und meine Hände lagen auf diesem Stein. Mir war als würde mich der Stein mit neuer Energie auftanken. Keine Ahnung, wie lange ich so stand.

Nach einiger Zeit hörte ich Koris Räuspern. Ich zog meine Hände zurück.

„Das, mein Freund, ist der Saal der Zwerge."

Ich riss meine Augen von diesem Stein los und sah mich um. Der Raum, in dem wir standen, war in den Fels gehauen. Die Wände waren nicht nur mit Edelsteinen sondern auch mit allerlei anderen Verzierungen geschmückt. Ich trat näher.

„Das alles ist in Jahrhunderten entstanden. Nur die Besten von uns, die Fähigsten, haben die Ehre hier arbeiten zu dürfen", erklärte mir Kori.

Ich sah Einhörner, die so lebensecht in den Fels gemeißelt waren, dass ich das Gefühl hatte, sie würden sich bewegen. Staunend ging ich weiter. Elfen. Kobolde, die Santara ziemlich ähnlich sahen. Aber ich sah auch Wesen, die ich noch nicht kannte. Wesen, die Schlangen gleich sahen, Wesen, die sich aus dem Wasser erhoben. Schön und abscheulich zugleich. Und zuletzt Drachen. Groß und majestätisch. So wie ich sie mir in meinen Träumen vorgestellt hatte. Würde ich es schaffen, jemals so ein Tier vor meinen Augen zu haben? Es zu berühren?

„Deshalb bist du hier", beantwortete mein Begleiter meine stumme Frage.

Ja, deshalb bin ich hier. Aber würde ich es schaffen? Sie legten so viel Hoffnung in mich. Womit hatte ich das verdient? Und was

konnte ich wirklich tun? Es gab doch so viele Jungen, die die Beschreibung, die Santara über den ‚dunklen Krieger' abgeliefert hatte, auch erfüllten. Vielleicht auch du? Warum also ich? Ich hatte so viele Fragen, die ich Santara noch hatte stellen wollen, und nun waren wir getrennt worden.
„Sollten wir Santara nicht hier treffen?", fragte ich.
Kori warf mir einen kurzen Blick zu.
„Hm, ja. Das macht mir Sorgen. Sie müssten schon lange hier sein. Wir haben uns ziemlich verspätet. Außer..."
„Außer?", hakte ich nach.
„Außer sie sind schon wieder weg. Und dann weiß ich auch nicht weiter."
Zunächst war ich sprachlos. Was hatten wir uns für Mühen gegeben? Welche Gefahren auf uns genommen und nun das?
„Kannst du nicht irgendwie Kontakt zu ihr aufnehmen? Ihr vom blauen Volk gebt ständig mit euren Fähigkeiten an und wenn's darauf ankommt? Null!"
Ich war echt sauer, das kannst du mir glauben.
„Meinst du das hab ich nicht? Bin doch nicht blöd! Aber ich krieg keinen Kontakt!", schrie Kori zurück. „Bereits in der Nacht in der Baumhöhle habe ich versucht, Santara eine Nachricht zukommen zu lassen. Aber kein Kontakt. Irgendetwas blockt jegliche Kontaktaufnahme ab."
Wie war das möglich? War eine fremde Macht im Spiel? Hatten die Ghule Santara und Kiriane in ihrer Gewalt? Kori gingen wohl die gleichen Gedanken durch den Kopf.
„Kori, du musst es noch mal probieren."
Mein Zwergenfreund nickte. Er setzte sich im Schneidersitz auf den Boden und schloss die Augen. Ich beobachtete ihn genau. Er atmete tief durch. Ich setzte mich ihm gegenüber und tat es ihm gleich. Allerdings öffnete ich die Augen zwischendurch. Schließlich wollte ich ja lernen. Telepathie. Geil.
Nach einiger Zeit schüttelte Kori den Kopf.
„Ich kann sie nur erahnen. Aber ich werde sofort abgeblockt."
Kori sah sich um. Er zögerte.
„Was ist?"
Ich drehte mich ebenfalls um.
„Der Stein. Der Bergkristall. Er könnte uns helfen. Ein Bergkristall

ist ein sehr energiereicher Stein. Er könnte uns helfen. Uns mit seiner Energie unterstützen. Vielleicht schaff ich es dann durch die Blockade zu dringen. Wenn Santara es zulässt, könnte es gelingen. Aber ..."

Schon wieder ein ‚aber'.

„Was?", fragte ich genervt.

Kori sah mich wütend an. „Ich hab von Niemandem gehört, der es gewagt hätte den Stein von seinem Platz zu nehmen. Berühren ja, aber runternehmen?"

„Wir legen ihn doch zurück. Wir brauchen ihn für eine gute Sache, oder?"

Kori zögerte. Dann nickte er. Er stand auf und holte den Stein. Dann setzte er sich wieder. Andächtig legte er den Stein zwischen uns auf den Boden. Dann schloss er wieder die Augen. Und atmete tief ein und langsam aus. Ich sah mir den Bergkristall an. Er strahlte eine heilsame Kraft aus.

Nach einiger Zeit wirkte Kori ganz entspannt. Ein leichtes Lächeln lag auf seinem Gesicht. Auch ich fühlte mich leichter. Ich schloss die Augen. Frieden stellte sich ein. Ich erlebte in Gedanken den letzten Tag noch einmal. Santara, das Treffen mit Kiriane, das Einhorn und der ungeheuerliche Ritt erschienen mir nun wie ein wunderbares Abenteuer. Die Begegnung mit meinem Zwergenfreund, die Übernachtung in der Baumhöhle und der Weg zur großen Halle. Nur die Begegnung mit dem Insektenheer ließ ich aus. Völlig.

Santara hielt inne. Ihre Hand, die eben eine Himbeere in ihren Mund schieben wollte, stoppte.

Kiriane bemerkte sofort die Veränderung. „Was ist ...?"

Santara hob die Hand und deutete ihr still zu sein.

Santara schloss die Augen. Sie lächelte. Dann öffnete sie die Augen und sah die aufgeregt umherschwirrende Kiriane an.

„Wir müssen zurück. Unglaublich! Es geht ihnen gut. Sehr gut. Sie dürften müde und verdreckt sein. Aber... Unglaublich!"

Kori öffnete die Augen und grinste. „Es hat geklappt. Sie kommen."

„Yeah!"

Wir standen auf und legten den Stein zurück auf seinen Platz.
Bevor ich noch fragen konnte, standen Kiriane und Santara neben uns.
Wir fielen uns um den Hals.
Santara ließ mich nach einiger Zeit los.
„Sag mal spinnst du?", fauchte sie Kori an. „Wir haben die ganze Nacht gewartet und ihr vertrödelt die Nacht in einer Baumhöhle?"
„Woher ...?", begann ich, doch Santara ließ mich nicht ausreden.
„Ich hab's ja versucht. Aber irgendwie konnte ich dich nicht erreichen. Ich wollte ja, aber es ging nicht. Irgendwer hat mich gehindert!", stammelte Kori.
Kiriane und Santara warfen sich einen Blick zu. Dann wandte sich das Koboldmädchen wieder uns zu.
Sie kaute nachdenklich an ihrer Unterlippe.
„Tom, als wir uns trennen mussten, du weißt schon, im Wald, da machten wir eine Entdeckung." Sie schwieg und kramte in ihrer rechten Hosentasche. „Wir konnten nur feststellen, dass irgendjemand in den Wald eingedrungen war, der böse Absichten hatte. Niemand hat dieses Wesen gesehen. Niemand gehört. Aber ...", Santara machte eine kurze Pause, „ ... wir haben das hier gefunden."
Bedeutungsvoll hielt sie uns ein kleines Messer hin. Es war silbern und klein.
„Ein Messer. Na und? Das kann doch jeder verloren haben." Ich sah meine Begleiter reihum an.
„Nein, Tom." Kori war blass geworden. „Das ist nicht irgendein Messer. Dieses Messer gehört einem Zwerg. Und zwar mir."

Nun verstand ich überhaupt nichts mehr. Ich ließ mich auf den Boden plumpsen.
Santara und Kori standen sich gegenüber und sahen sich an. Ernst.
Kiriane ließ sich neben mir nieder.
„Kann mir jetzt endlich mal einer erklären, was das alles bedeuten soll? Willst du etwa behaupten, Kori wäre der große Bösewicht?", fragte ich das Koboldmädchen.
„Nein. Jetzt nicht mehr." Santara sprach mehr mit dem Zwerg als mit mir.
Kori nickte und die beiden setzten sich zu uns auf den felsigen Boden.

„Aber, Kori entschuldige, ich konnte es nicht ausschließen. Ich musste vorsichtig sein. Wenn du wirklich von den Ghulen beeinflusst worden wärst, hätte das bedeutet, dass Tom in größter Gefahr schwebt. Deshalb konnte ich dich nicht in meine Gedanken lassen. Du hättest alles darin lesen können und unsere Möglichkeiten, Tom zu retten, wären gleich null gewesen."
Kori nickte. Er wirkte traurig. „Du hast mich also abgeblockt. Und wir dachten, irgendein anderes Wesen würde die Verbindung verhindern."
„Moment", wandte ich ein, „woher wollt ihr wissen, dass das Koris Messer ist?"
Kori streckte die Hand aus und nach kurzem Zögern legte Santara das Messer hinein. Die beiden sahen sich an. Ernst. Ich seufzte.
„Hier, siehst du diese Raute? Das ist mein Zeichen, ich ritze es in viele Sachen, die mir gehören."
Ich besah mir das Messer. Und da. Am Griff war tatsächlich eine Raute eingeritzt. Sehr klein. Fast nicht erkennbar.
„OK eine Raute. Dein Messer. Aber deswegen muss Kori doch nicht die Seiten gewechselt haben. Er ist ..."
Santara unterbrach mich: „Ich weiß, was Kori ist. Und was nicht. Jetzt weiß ich es. Tut mir leid, dass ich an dir gezweifelt habe."
Der junge Zwerg nickte
„Schon gut", murmelte er.
„Aber wieso weißt du es jetzt und wieso habt ihr uns nun doch gefunden?"
„Durch dich. Du hast mir alles erzählt. Vom Ritt auf dem Einhorn, bis zum Weg in den großen Saal. Aber über den Blödsinn mit der Wasserschlacht und die daraus resultierende Verzögerung mit der Übernachtung müssen wir noch ein Wörtchen reden, Kori ..."
„Stopp! Wie – von mir? Ich habe keinen Ton gesagt. Nichts! "
„Also von Anfang an?"
Ich nickte.
„Als wir das Messer fanden, stand zu befürchten, dass Kori die Seiten gewechselt hatte." Santara warf dem Zwerg einen weiteren entschuldigenden Blick zu. „Deshalb blockte ich jeglichen Kontakt ab. Wir wollten uns ja mit euch im großen Saal treffen, also machten Kiriane und ich uns auf den Weg. Als wir hier ankamen, wart ihr nicht da. Wir warteten etliche Stunden und als ihr noch

immer nicht aufgetaucht seid, verstärkte sich unser Verdacht noch."
„Und ihr seid nicht auf die Idee gekommen, dass wir vielleicht in Gefahr oder was auch immer gekommen sein könnten?", unterbrach ich sie.
„Leider nicht", fuhr Santara ziemlich zerknirscht fort. „Es tut mir wirklich leid. Als ihr also nach ein paar Stunden immer noch nicht da wart, verließen wir den Saal, um uns auf die Suche zu machen."
„Und warum seid ihr wieder da?"
„Du hast uns gerufen, Tom."
Ich starrte sie an.
Kori lächelte weise und nickte.
„Der Bergkristall", sagte er.
Santara nickte. „Das habe ich vermutet. Meine Blockade war sehr mächtig und Kori konnte sie nicht durchdringen. Ich habe mich speziell gegen seine Schwingung abgesichert. Der Bergkristall ist ein Lichtbringer. Ein wundervoller Stein."
Santara drehte sich zum Stein und verbeugte sich. Dann wandte sie sich wieder mir zu.
„Er verstärkte deine Schwingung und ermöglichte dir mit mir Kontakt aufzunehmen. So konnte ich all deine Gedanken erfahren ..."
„ ... die ich gedacht habe. Cool." Ich strahlte.
„Und so erfuhr ich alles, was ihr in den vergangenen Stunden erlebt habt. Daraufhin löste ich meine Blockade und nahm mit Kori Kontakt auf. Kori, ich kann es nur wiederholen, es tut mir aufrichtig Leid."
Und dann sahen alle mich an.
„In dir, mein kleiner Freund, steckt mehr als ich dachte." Kiriane streckte mir ihre Hand hin. „Du kannst immer auf mich zählen."
Verlegen ergriff ich die ausgestreckte Hand. „Du auch, auf mich, meine ich."
Alle kicherten.
„Gut. Das hätten wir!" Santara atmete auf.
„Nein."
Das kam von mir.
Alle sahen mich an.

„Wir wissen nun, wem das Messer gehört. Wir wissen aber nicht, wie es in den Wald kam."
Betroffen sahen sich die anderen an.
„Der dunkle Krieger hat Recht." Kori ergriff das Wort. „Das ist mein Messer. Aber wie kommt es in den Wald? Ich war seit Tagen nicht mehr dort."
Jetzt kam mir meine Mutter in den Sinn. Ihre Hilfe, wenn ich mal irgendetwas suchte, das ich dringend brauchte.
„Kori, überleg genau, wann hast du das Messer zuletzt gesehen oder benutzt?", fragte ich deshalb.
„Benutzt? Benutzt?" Kori kratzte sich am Kinn. „Ja, ich weiß, vorgestern Mittag, da hab ich mir ein paar Wiesenchampignons damit abgeschnitten."
„Gut. Und dann, was hast du dann damit gemacht?", ich war ganz aufgeregt.
„Dann hab ich es im Gras saubergewischt. Und in meinen Rucksack gelegt. Glaube ich."
Kori guckte ganz unglücklich.
„Bist du dir sicher?", ergriff Santara das Wort. „Zwerg, überleg genau. Wo hast du das Messer hin? Wo ist es normalerweise?"
„Es steckt in der kleinen Seitentasche an meinem Rucksack."
Kori zeigte uns die Tasche. Sie war mit Reißverschluss gut zu verschließen.
„Ich weiß nicht mehr, ob ich es da rein getan habe oder nicht."
Kori wurde immer nervöser.
„Kannst du dich erinnern, ob du den Reißverschluss zugemacht hast?", fragte ich.
Der Zwerg starrte mich an.
„Der Reißverschluss ist kaputt. Man kann ihn nicht mehr schließen."
Anerkennend nickte mir Santara zu. Ich war unglaublich stolz.
„Dann wissen wir, dass das Messer irgendwann zwischen vorgestern Mittag und gestern Nachmittag gestohlen wurde", stellte Santara fest. „Und was noch wichtiger ist, jemand hat das Messer absichtlich in den Wald gebracht, um uns auf eine falsche Fährte zu führen."
„Oder um uns zu entzweien", warf ich ein.
Wieder warf mir das Koboldmädchen einen anerkennenden Blick zu.

„Ja. Wir wissen nur noch nicht wer."
„Wo genau habt ihr denn das Messer gefunden?"
„Im südlichen Teil, dort wo die Bäume ..."
„Na, eigentlich haben wir es nicht selbst gefunden", unterbrach Kiriane ihre Freundin. „Eigentlich hat es ein Eichhörnchen Santara gebracht."
„Ein Eichhörnchen?"
„Hast du etwa vergessen, dass ich die Hüterin des Waldes bin? Ich habe sie gerufen."
„Und dann?"
„Dann haben sie mir das Messer gegeben. Sie haben es im südlichen Teil des Waldes gefunden."
Wieder kaute Santara nachdenklich an ihrer Unterlippe.
„Nein. Das stimmt so nicht. Ich habe sie gerufen. Und sie kamen. Natürlich. Schließlich bin ich die ..."
„Hüterin des Waldes. Wissen wir. Weiter!"
Santara warf mir einen wütenden Blick zu.
„Ich habe sie gefragt. Und niemand hatte etwas bemerkt. Bis auf ein kleines, rotbraunes Eichhörnchen, Kalala, wenn ich mich nicht täusche, rauft gern herum ..."
„Weiter!", stöhnten Kiriane, Kori und ich im Chor.
„Ist ja schon gut! Also, Kalala war im südlichen Teil und hat eine Kälte gespürt und dann ist sie geflohen. Ist ja auch verständlich, schließlich ist sie noch ..."
„Und Kalala hat dir dann das Messer gebracht?"
„Nein."
Santara schwieg und kaute an ihrer Unterlippe. Wir beobachteten sie genau.
„Nein. Das war jemand anderes. Ein größeres Eichhorn."
Wieder Pause.
„Und das hat dir das Messer gegeben?", fragte ich ungeduldig.
Santara nickte.
„Gut, dann wissen wir also wo es lag. Oder?"
„Ja, aber ganz so einfach ist es nicht." Santara wirkte schuldbewusst.
Erstaunt sahen wir sie an.
„Das Eichhörnchen kam erst zu mir, als alle anderen weg waren ..."

„Na, vielleicht war es ein ganz schüchterner Typ."
„... und wenn ich ehrlich bin, habe ich es noch nie zuvor gesehen. Und ich kenne alle meine Tiere."
Wir schwiegen verblüfft.
„Das heißt, ich habe es auch gar nicht nach seinem Namen gefragt. Ich war so erschrocken über das Messer, dass ich alles andere außer Acht gelassen habe."
„Und du?", fragte ich Kiriane. „Kanntest du es?"
Kiriane schüttelte den Kopf.
„Ich war nicht da, ich habe den ganzen Wald abgesucht."
„Dann besteht die Möglichkeit, dass das Eichhorn, das dir das Messer brachte, der Eindringling war." Kori kratzte sich wieder am Kinn. „Kannst du es beschreiben?"
Santara wirkte sehr unglücklich.
„Ich bemerkte es erst, als es unmittelbar hinter mir stand. Es war schwarz. Normale Größe. Etwas zerzaust. Ich war so mit meinen Gedanken beschäftigt. Ich machte mir große Sorgen. Der Eindringling. Und Odessa. Ich weiß, wie wild sie ist."
Das konnte sie laut sagen. Wild kam der Sache näher als ungestüm.
„Keine Auffälligkeiten", murmelte Santara. „nur ..."
„Nur", schrien wir.
„Naja, die Stimme klang verschnupft, sehr verschnupft. Nasal, sagt ihr."
„Ja, was denn nun, hat es einen Schnupfen oder klingt die Stimme immer so?"
„Ein Schnupfen war das nicht. Nasal!", antwortete Santara.
„Gut. Dann wissen wir nun, dass wir uns vor einem schwarzen Eichhörnchen mit nasal klingender Stimme in Acht nehmen müssen!"
Hätte mir das jemand vor zwei Tagen gesagt, ich hätte schallend gelacht.

Sanfor der Große

Da standen wir nun in diesem wunderschönen Saal, von Zwergen in mühevoller Arbeit in den Fels gehauen, und hatten Angst vor einem Eichhorn.
Ich seufzte.
„Was wollen wir jetzt machen?", fragte ich meine Begleiter.
Die drei blickten sich an und ich hatte das Gefühl irgendetwas Wichtiges zu verpassen.
„Moment! Würdet ihr euch bitte so unterhalten, dass ich auch was mitbekomme?"
Schweigen. Dann blickte mich Santara an.
„Du hast Recht. Entschuldige. Wir..."
Wieder Schweigen.
„Wir werden dich zurückbringen, Menschenkind", antwortete Kiriane.
„Wie? Zurückbringen?", ich verstand nur Bahnhof. Oder war es möglich ...? Wollten die tatsächlich ...?
„Nach Hause? Ihr wollt mich nach Hause bringen? Jetzt? Warum?"
„Santara und Kiriane sind der Meinung es wäre zu gefährlich für dich."
Ich sah Kori an.
„Und du? Denkst du das auch?"
Kori schüttelte den Kopf.
„Nein. Du bist der dunkle Krieger!", fügte er hinzu.
Santara warf ihm einen giftigen Blick zu.
„Tom. Die Sache wird zu gefährlich. Unsere Feinde sind mächtiger als wir dachten. Sie sind uns näher als wir dachten. Wir können es nicht riskieren, dich zu gefährden. Wir müssen es alleine ..."
„Aber ihr könnt doch jetzt nicht einfach aufgeben und mich zu-

rückschicken. Was ist mit der Prophezeiung? Ihr könnt es nicht schaffen, das hast du doch selbst gesagt!"
„Wir müssen es eben noch einmal probieren, vielleicht ..."
„Heißt das, ihr habt es schon ohne mich probiert? Und nicht geschafft?"
Zögernd nickte Santara. Kori starrte sie wütend an.
„Warum sollte es dann dieses Mal klappen?"
„Sag ich auch!", knurrte Kori.
Santara seufzte.
„Tom, wir haben es uns einfacher vorgestellt. Was, wenn wir dich nicht schützen können? Du könntest nicht mehr nach Hause zurückkehren."
„Vor gar nicht so langer Zeit hat mir ein Koboldmädchen einen Vortrag gehalten. Über Vertrauen. Hast du dieses Wort schon mal gehört?", fuhr ich Santara an.
Betroffen guckte sie zurück.
Kiriane gluckste. „Nicht schlecht für einen Menschen. Santara, der packt das. Er ist unser Mann."
Sie sah mich mit zusammengekniffenen Augen an.
„Na ja, sagen wir Junge", fügte sie schelmisch hinzu. Ich versetze ihr einen Schlag auf die Schulter.
„Wage es nicht mich zu beleidigen, ehrwürdige Elfe, du würdest es bereue ..."
„Hört auf, die Sache ist zu ernst. Ihr drei seid also dafür, dass wir wie geplant weitermachen?"
Kori, Kiriane und ich nickten.
„Dann bin ich überstimmt. Aber nehmt zur Kenntnis, dass mir die Sache nicht gefällt."
Kori verdrehte die Augen und ich musste mir das Lachen verkneifen.
Nachdem wir uns gestärkt hatten, oder besser gesagt die drei anderen – ich hatte nur einen Schluck aus Koris Flasche genommen – machten wir uns auf den Weg die Höhle zu verlassen.
Der Weg, den Santara einschlug, war um einiges angenehmer als der, auf dem wir in die Halle gekommen waren. Trotzdem liefen wir viele Stunden. Die Gänge verzweigten sich ein um das andere Mal und mir war es ein Rätsel, wie Santara in diesem Gewirr den Überblick behalten konnte.

Dann standen wir in einer kleinen Höhle. Die Luft war ziemlich stickig. Kori, Santara und Kiriane streckten ihre Arme nach oben und begannen gegen den Fels zu drücken. Die Steinplatte hob sich ein wenig und die Strahlen der Sonne erhellten die Höhle. Dann verschoben wir den Fels etwas, so dass genug Platz zum Hinausklettern entstand.
Santara nickte Kiriane zu und die Elfe flog hinaus. Wir warteten gespannt. Nach einiger Zeit winkte sie uns und wir kletterten einer nach dem anderen hinaus. Sorgfältig verschlossen Kori und Santara den Höhleneingang. Wir standen an einem kleinen See am Waldrand.
Endlich Sonnenstrahlen auf der Haut. Nun erst wurde mir klar, dass es in der Höhle doch recht kühl gewesen war. Ich legte mich ins warme Gras und genoss die Wärme. Herrlich.
Meine drei Begleiter setzten sich zu mir ins weiche Gras und begannen ihre Rucksäcke oder Taschen nach Essbarem zu durchforsten. Kori verschwand und kam kurz darauf mit dem Arm voller Pilze zurück.
Santara hatte in der Zeit ein kleines Feuer entfacht und schon kurze Zeit später stieg mir der Duft gebratener Pilze und leckerer Kräuter, deren Namen ich mir leider nicht merken konnte, in die Nase. Es duftete herrlich. Kori sah mich mitleidig an und bot mir die Flasche mit dem Sirup an. Ich schüttelte den Kopf. Mir lief das Wasser im Mund zusammen. Dieser Duft! Gierig schnupperte ich.
Santara musste mich wohl schon einige Zeit beobachtet haben. Sie nahm einen der Pilze und reichte ihn mir.
„Da!"
Ich sah sie fragend an. Wie gern hätte ich ihn genommen, aber das Blatt unter meiner Zunge.
„Na komm schon, iss! Aber vorsichtig. Bevor du dich noch an deiner eigenen Spucke verschluckst."
Ich durfte also doch essen. Hunger hatte ich zwar noch immer nicht, aber so ein kleiner Pilz? Ich nahm ihn und er schmeckte vorzüglich. Solltest du die Gelegenheit haben, einen dir wohlgesonnenen Kobold – das sind die meisten – zu treffen, dann lass dir Pilze braten. Schmeckt echt klasse.
Wir saßen um unser kleines Feuer und ließen uns die Pilze schmecken. Santara reichte mir eine Flasche mit frischem Quellwasser

und ich trank gierig (und vorsichtig zugleich!!). Nach dem Essen beseitigten die drei alle Spuren unseres Mahls. Nicht einmal die Feuerstelle konnte man noch erkennen!
„Wie soll es denn jetzt weitergehen?"
Wir lagen gesättigt nebeneinander im Gras.
Santara setzte sich auf.
„Du hast Recht, zum Vertrödeln fehlt uns die Zeit."
Nachdenklich kaute sie an ihrer Unterlippe.
„Ich bin zu nachlässig. Wir müssen uns besser konzentrieren. Kori, Kiriane?"
Die beiden nickten und ich verstand wieder mal nichts. Sie bildeten mit Santara einen Kreis und setzten sich. Sie schlossen die Augen, wie ich es vorhin schon bei Kori in der Höhle wahrgenommen hatte. Ihre Gesichtszüge entspannten sich und allmählich trat ein verzücktes Lächeln auf.
Ich räusperte mich. Santara öffnete ein Auge
„Oh, entschuldige, dich haben wir ja ganz vergess... , willst du auch?"
„Ja, was denn, bitte?"
Nun öffnete Santara auch ihr zweites Auge und sah mich erstaunt an.
„Na meditieren! Wir nehmen Kontakt zu unserem Höheren Selbst auf, um zu erfahren, welchen Weg wir als nächstes einschlagen sollen."
Ich zuckte mit den Schultern und setzte mich zwischen Kori und Santara. Das Koboldmädchen hatte die Augen bereits wieder geschlossen. Meditieren. Höheres Selbst, was war das denn nun schon wieder? Keine Ahnung wie das geht, aber daneben rumsitzen kam mir auch doof vor. Also tat ich es den anderen nach. Ich schloss die Augen. Aber es war gar nicht so einfach, still da zu sitzen. Ständig kitzelte es mich irgendwo. Was mein Bruder wohl im Moment tat? Oder meine Eltern? Hatten wir in der Schule 'ne Matheprobe geschrieben? Das alles schien weit weg zu sein. Irgendwie kam mir mein ‚altes Leben' so unwirklich vor. Was waren schon Matheproben!
Ich musste gähnen. Meditieren war echt langweilig. Vorsichtig öffnete ich ein Auge und guckte die anderen an. Sie saßen immer noch mit verzücktem Gesichtsausdruck da. Ich schloss das Auge

wieder und versuchte mich zu konzentrieren. Aber auf was? Wieder musste ich gähnen.
Eine Fliege summte an meinem Ohr vorbei. Wo sie wohl hin will? Wahrscheinlich zu irgendeiner Kuhscheiße. Oder Drachenscheiße.
Ich musste kichern. Drache ist gut. Wahrscheinlich fliegt gerade einer hier rum und die Fliege wartet, bis er, na du weißt schon. Und dann Sturzflug. Womm.
Wie die wohl aussieht? Wahrscheinlich anders als ein Kuhfladen. Größer. Gigantisch groß. Und die Farbe. Vielleicht blau. Nein, das wäre Quatsch. Da müsste er ja ständig Heidelbeeren fressen.
Aber vielleicht kacken Drachen ja gar nicht. Ich hab mal ein Buch gelesen, in dem stand, sie würden sich vom Mondlicht ernähren. Ziemlich unwahrscheinlich, dass sie dann ... Oder aber, oder aber die Sternschnuppen am Himmel sind Drachenkacke. Hast du schon mal gesehen, wie die abzischen? Tschhhh. Und weg sind sie.
Wieder kicherte ich. Ich öffnete vorsichtig das andere Auge um zu prüfen, was die anderen gerade machten und sprang erschreckt auf.
Hinter Kiriane stand... Hinter Kiriane... Also da war...
„Santara!", schrie ich. „Sieh doch!".
Santara sprang auf und die beiden anderen folgen. Wir starrten alle in die gleiche Richtung.

Da stand, du wirst es mir nicht glauben! Da stand ein Drache. Ein echter Drache.
Es war unglaublich. Er war groß. Nein. Er war riesig. Er war einfach unglaublich. Sagenhaft und wunderschön.
Der Drache hob elegant den langen Hals und senkte ihn dann wieder. Mir kam es vor als würde er sich verbeugen. Und deshalb senkte auch ich meinen Kopf und tat es ihm nach. Santara sah mich erstaunt an und tat es mir gleich.
Bevor ich weiter erzähle, muss ich ihn dir beschreiben.
Sein Körper wirkte trotz der Größe schlank und elegant. Seine Haut war von grünen Schuppen bedeckt, die im Schein der Sonne schimmerten. Überhaupt ging von diesem Wesen ein Glanz aus. Jeder Zentimeter seiner grünen Schuppenhaut strahlte eine Würde aus, die ich niemals zuvor erlebt hatte.
Ich stand da und glotzte – wer hätte das nicht.

„Mund zu!", Kiriane umschwirrte mein Ohr.
Santara hob die Hand und trat dem Drachen entgegen.
„Ellehem ellah. Ich grüße dich."
Der Drache blickte sie an. Seine Augen sahen freundlich aus. Er sah Santara tief in die Augen und sie erwiderte den Blick. Ich hielt die Luft an. Die Zeit schien stehen zu bleiben.
„Tom!" Santara winkte mich heran. „Tom, komm her."
Ich trat neben das Koboldmädchen. Der Drache drehte etwas den Kopf in meine Richtung.
„Du musst ihm in die Augen sehen!", wisperte Santara.
Was hätte ich auch sonst tun sollen! Die dunklen, goldschimmernden Augen zogen mich magisch an. Dieses Wesen musste man anschauen. Unmöglich, den Blick auch nur für einen kurzen Moment abzuwenden.
Der Drache sah mir tief in die Augen, bis zum Grunde meine Seele sah er. Unmöglich, irgendetwas zu verbergen, zu verstecken. Und auch ich sah alles, was er ist. Auch bei ihm gab es kein Verbergen. Wir waren eins. Wie alte Freunde, die sich seit Anbeginn der Zeit kennen, die alle Geheimnisse teilen.
Ich fühlte mich frei. Frei und leicht.
„Endlich, mein junger Freund. Endlich wieder Kontakt zu einem menschlichen Wesen. Ich bin erfreut, dich hier zu sehen." Die Stimme des Drachen war tief, warm und weich. Sie hüllte mich wohlig ein.
„Ha ... hallo", sagte ich schwach.
„Hallo", antwortete der Drache und er schien zu grinsen.
Oh Mist. Vor mir steht ein phänomenaler Riesendrache und mir fällt nichts anderes als ein gestottertes ‚hallo' ein – fuhr es mir durch den Kopf.
„Da ... darf ich dich anfassen?"
„Nur zu, junger Freund."
Ich hob die Hand. Langsam. Und trat näher. Auch langsam. Und dann berührte ich ihn. Vorsichtig. Und fast ehrfurchtsvoll. Einen echten Drachen. Ich. Cool oder? Weil ich glaube, dass du genauso neugierig bist, wie ich es war, werde ich dir wohl am besten beschreiben, wie er sich anfühlt. Also: fest und muskulös. Glatt und warm. Friedlich und doch unglaublich mächtig.
„Hmkm!", vernahm ich ein Räuspern. „Könnten wir nun mal zur

Sache kommen?" Santara stand neben mir und musste mich wohl schon einige Male am Ärmel gezupft haben.
Der Drache drehte den Kopf in ihre Richtung.
„Ihr habt mich gerufen. Lange, lange Zeit war mir diese Welt versperrt."
Kiriane flog dem Drachen entgegen und begann ihn hinter dem Ohr zu kraulen.
Der Drache schloss die Augen und seufzte voll Wonne.
Nach einiger Zeit, öffnete er die Augen wieder.
„Die Prophezeiung." Der Drache nickte. „Eine Elfe, ein Kobold, ein Zwerg und ein Menschenkind. Freundschaft vereint. Die Reiche finden zueinander. Und dennoch spüre ich ein großes Ungleichgewicht."
„Liebes Sternenwesen ...", Santara verbeugte sich förmlich.
„Man nennt mich Sanfor", unterbrach sie der Drache.
„Sanfor, wir danken dir, dass du uns beehrst. Viel Zeit ist vergangen, seit sich unsere Völker das letzte Mal getroffen haben. Viele Sternenkundige und Weise aus unserem Volk haben versucht mit euch Kontakt aufzunehmen, denn wir brauchen eure Weisheit. Auch bei uns ist viel in Vergessenheit geraten. Doch sprich, wie hast du uns gefunden? Warum ...?" Santara zuckte fragend mit den Schultern.
Der Drache lächelte. Auch er verbeugte sich nochmals.
„Dein junger Freund hat mich gerufen. Nun ja, die Art und Weise war etwas ungewöhnlich." Der Drache grinste nun eindeutig.
Und ich wurde rot. Drachenkacke. Scheiße.
„Drachenkacke? Ich versteh kein Wort."
Santara wirkte völlig verwirrt.
„Fantasie ist etwas, was wir Drachen lieben. Und die hat dein Freund hier."
Santara sah zweifelnd von einem zum anderen. Ich musste mir das Lachen verbeißen. Dieses Mal war sie es, die etwas nicht verstand und nicht ich. Der Drache zwinkerte mir zu und ich lachte laut auf. Ich hatte einen neuen Freund gefunden. Einen Freund, auf den ich mich wirklich verlassen konnte!

„Ihr habt euch also vorgenommen, die Prophezeiung zu erfüllen." Die Stimme des Drachen war wunderbar.

Wir nickten.
„Dann ist dies hier der dunkle Krieger!"
Wieder nickten alle.
„Einhörner gibt es noch. Ich habe ein besonders schönes vorhin gesehen. Herrlich. Es tut gut, alte Freunde wieder zu sehen."
Der Drache machte eine Pause und es sah aus, als würde er in Erinnerungen schweifen.
„Wie ich meinen Freund einschätze, wird er sich als nächstes auf die Suche nach dem weißen Tiger machen."
Er sah mich fragend an.
Der weiße Tiger!
„Also seid mir nicht böse, aber ein weißer Tiger? Ich glaube nicht, dass ich dem begegnen möchte", sagte ich.
Kori nickte zustimmend.
„Stellt euch nicht so an!", fuhr uns Kiriane an. „Tiger sind auch nur Wesen."
„Du hast gut reden, mit deinen Flügeln. Wenn er das Maul aufreißt, hebst du einfach ab."
So sauer hatte ich Kori noch gar nicht erlebt.
Santara wiegte den Kopf hin und her.
„Kiriane, die beiden haben Recht. Was, wenn sich die Kontaktaufnahme zu diesem Tier als, na sagen wir, schwierig erweisen sollte? Ein Zwerg und ein Menschenkind haben keine Chance ihm zu entkommen."
Kiriane schnaubte wütend. Die Arme vor der Brust verschränkt, drehte sie uns den Rücken zu.
„Feiglinge", murmelte sie.
„Das hab ich gehört. Und das lass ich mir nicht bieten. Nicht von einer Flatterel…"
„Halt!"
Santara trat energisch zwischen Kori, der dabei war auf die Elfe loszugehen, und Kiriane.
„Für so was haben wir keine Zeit."
„Ich bin euch gern behilflich." Der Drache sah uns an.
Wir starrten den Drachen an.
„Klasse!", murmelte Kori.
„Weiße Tiger spüre ich nicht mehr viele hier auf diesem Planeten."

„Es gibt schon noch welche, in Amerika in so 'ner Art Zirkusvorstellung, hab ich im Fernsehen gesehen."
„Zirkus? Heißt das ihr Menschen dressiert diese edlen Tiere? Zwingt ihnen euren Willen auf?"
Nun giftete Kiriane mich an. Ihre spitze Nase bebte empört.
„Ich glaub schon. Manchmal gelingt das nicht ganz so gut. Ich hab in der Zeitung gelesen, dass vor gar nicht so langer Zeit einer zugebissen hat."
Kiriane grumpelte vor sich hin. Es hörte sich so an, als ob sie das gut verstehen konnte.
„Was wir brauchen ist ein Tiger, der nicht hochgezüchtet wurde, einer, der das Wissen noch in sich trägt. Es gibt sie noch, weit von hier, in den Bergen. Ich kann es spüren." Santara wandte sich an den Drachen. „Kannst du uns zu ihnen bringen?"
Der Drache neigte den Kopf. „Es ist mir eine große Ehre."
Meine Begeisterung hielt sich dieses Mal in Grenzen. Zu gut hatte ich noch den Ritt auf dem Einhorn in Erinnerung. Und ein Einhorn lief zumindest noch auf dem Boden. Doch anscheinend war ich mit meinen Bedenken nicht allein. Kori war ganz blass geworden.
„Ich bin noch nie … Ich meine, ich bin schon, von einem Baum, aber noch nie einfach so durch die Luft. Ich bin ein Zwerg, das heißt, unter der Erde, Höhlen, okay, aber über die Erde, durch die Luft, einfach so?"
Kori schwieg verlegen. Santara trat neben ihn und legte ihm die Hand auf die Schulter.
„Lieber Freund. Wir haben dir schon viel zu verdanken. Du musst das nicht tun."
Kori überlegte einen kurzen Augenblick, dann straffte er die Schultern.
„Doch ich muss! Ich kann euch nicht allein lassen. Was, wenn ihr meine Hilfe benötigt?"
Santara nickte.
„Gut!"
Ich merkte, dass ich die Luft angehalten hatte. Langsam atmete ich aus. Ich freute mich, dass Kori uns weiter begleiten wollte. Er war mir in der kurzen Zeit unserer Bekanntschaft richtig ans Herz gewachsen. Und wenn Kori seine Angst überwinden konnte, dann

würde ich das auch schaffen.
„Wann geht es los?", fragte ich Santara.
„Und ich dachte du kneifst auch", gab Kiriane ihren Kommentar ab.
Ein kurzer Blick von Santara brachte sie zum Schweigen. Sie flatterte ein Stück von uns weg.
„Wir sammeln noch etwas Proviant und dann geht's los. Kori?"
Kori nickte und machte sich auf den Weg. Auch Santara verschwand im hohen Gras. Zurück blieben nur der Drache und ich.
Zunächst schwieg ich. Alles was ich sagen konnte, kam mir so gewöhnlich, banal vor.
„Wie alt bist du eigentlich?", unterbrach ich nach einiger Zeit das Schweigen.
„Es gibt mich, genau wie dich, mein Freund, seit Anbeginn der Zeiten."
„Ich bin erst 10. Das kann man ja wohl nicht als Anbeginn der Zeiten bezeichnen."
Der Drache lachte leise.
„Mein Freund, das, was dich ausmacht ist deine Seele und die ist, genau wie meine, uralt. Ich habe diesen Körper schon viele hundert Jahre. Und du bewohnst deinen seit 10 Jahren. Aber glaubst du wirklich, dass du aus dem großen Nichts entstanden bist und dass nach deinen Erdenjahren nichts bleibt?"
Darüber hatte ich noch nicht nachgedacht. Glaubte ich das wirklich? Mein Opa war vor einigen Jahren gestorben und nun? War er ganz weg? Nein, da waren die Erinnerungen an vergangene Zeiten und manchmal ein Gefühl.
„Nein. Nein, das glaube ich nicht. Ich kann es mir zwar nicht richtig vorstellen, nicht begreifen, aber eigentlich glaube ich nicht, dass es mit dem Tod zu Ende ist."
Der Drache nickte bedächtig.
„Du bist sehr weise, mein Freund. Der Körper ist der Tempel unserer Seele. Er ermöglicht es ihr, Erfahrungen zu sammeln, die sie sonst nicht machen könnte. Berührungen zu spüren. Die Sonnenstrahlen auf den Schuppen, oh entschuldige, auf der Haut zu spüren. Das ist etwas ganz Wunderbares."
Der Drache schwieg und mir kam es so vor als würde er bewusst in seinen Körper hineinfühlen, so als ob er ein Geschenk wäre.

Komischer Gedanken, der Körper als Tempel der Seele. Hatte ich meinen Körper schon mal so richtig gespürt? Na ja, zufrieden war ich im Großen und Ganzen schon damit. Ich hab das zwar noch nie so gesehen, aber mein Körper war echt nicht schlecht. Ziemlich gut, um ehrlich zu sein. Aber es war für mich selbstverständlich, dass er gut funktionierte, dass alles so war wie ich es wollte. So richtig bemerkt hatte ich ihn bisher nur, wenn etwas eben nicht funktionierte. Zum Beispiel Halsschmerzen. Den Hals bemerkte ich nur dann, wenn er weh tat oder ich ihn waschen musste.
Der Drache öffnete seine Augen
„Kluge Gedanken trägst du in dir, mein Freund. Ihr Menschen richtet eure Aufmerksamkeit sehr oft auf das, was ihr nicht mögt. Auf das, was euch nicht passt. Dabei gibt es viel mehr Schönes in eurem Leben als Schlechtes. Und durch eure Wahrnehmung des Negativen holt ihr noch mehr davon in euer Leben."
„Wie, ich hole was in mein Leben? Was kann ich denn dafür, dass mir was Doofes passiert?"
Der Drache lachte leise auf.
„Mein Kind, jeder ist für sein Leben verantwortlich. Es wäre doch sehr ungerecht, wenn das nicht so wäre, oder?"
Stimmt!
„Jeder trägt die Verantwortung selbst", wiederholte der Drache. „Für seinen Körper genauso wie für seine Gedanken."
„Aber ich kann mir doch meine Gedanken nicht aussuchen!", protestierte ich.
„Wer sonst?"
Verblüfft sah ich Sanfor an. Wer sonst?
Das klang alles so kompliziert. Doch bevor ich nachfragen konnte, kam Santara zurück. Ihre Tasche war nun prall gefüllt.
„Ist Kori noch nicht zurück?", fragte sie.
„Doch. Hier bin ich!", schallte es aus dem hohen Gras.
Der junge Zwerg trat zu uns und klopfte zufrieden auf seinen Rucksack.
„Gut. Dann kann es ja losgehen."
Santara ging auf den Drachen zu, packte eine der Schuppen am Hals und kletterte wie auf einer Leiter nach oben. Oben angekommen, lief sie den Rücken des Drachen auf und ab, so als könne

sie sich nicht entscheiden, welche Stelle nun die bequemste war. Schließlich drehte sie sich zu uns um.
„Worauf wartet ihr denn? Braucht ihr eine Extraeinladung?"
Kori und ich sahen uns an und schluckten. Dann ging ich voran. Wie zuvor Santara packte ich eine der Schuppen und kletterte nach oben. Es ging ganz leicht. Ich lief zu Santara und Kori folgte mir.
„Wollt ihr vorne?", fragte das Koboldmädchen.
Kori und ich schüttelten eifrig den Kopf. Grinsend setzte sich Santara und wir setzten uns dahinter.
„Sollen wir uns nicht anbinden oder so?"
„Zwerge gelten im allgemeinen als mutig", spöttelte Santara.
„Keine Angst, meine kleinen Freunde. Euch kann nichts passieren. Holt nun tief Luft!"
Wir atmeten tief ein und uns war, als würden wir uns mit dem Drachenleib verbinden.
„Selbst ein Looping würde euch nicht abwerfen", fügte der Drache hinzu.
„Kein Looping!", hauchte Kori.
Santara lachte schallend.

Und dann stieg der Drache auf. Langsam und elegant. Es ruckelte kaum.
„Halt! Stopp!", schrie Kori. „Wir haben die Elfe vergess..."
„Niemand vergisst mich, Zwerg!", piepste es hinter uns und Kiriane landete auf dem Drachenrücken.
Der Drache schwebte immer höher hinauf.
Am Anfang traute ich mich nur nach vorne auf Santaras Rücken zu schauen. Aber mit der Zeit wurde ich etwas mutiger. Meine Hände, die sich in den Schuppen verkrallt hatten, lockerten sich und mein Blick wanderte nach unten. Es war gigantisch. Ich bin ja schon mal mit dem Flugzeug geflogen, aber das hier stellte alles in den Schatten. Es war herrlich. Einfach phänomenal.
Unter uns wechselten sich Wiesen mit Wäldern ab. Ich sah manch merkwürdiges Wesen, dessen Namen ich nicht kannte und die meisten winkten uns begeistert zu.
„So einen Drachen haben sie lange nicht gesehen", schrie Santara über ihre Schulter hinweg nach hinten. Ich nickte. Und wir wink-

ten alle zurück. Ich hörte Kori vor Glück auflachen und auch ich war glücklich. Der warme Wind ließ meine Haare nach hinten flattern und ich breitete meine Arme aus. Kori und Santara taten es mir gleich und wir schrien unser Glück heraus.
Der Drache lachte mit seiner tiefen Stimme und schwenkte auf und ab, was uns zu immer lauterem Rufen herausforderte. Es war wunderschön. Also, wenn du je die Möglichkeit haben solltest, auf einem Drachen zu reiten, dann tu es!

Ich weiß nicht wie lange wir so dahinflogen, doch langsam wurde es dunkel. Der Mond erschien am Himmel und die Schuppen des Drachen fingen im Mondlicht an zu glitzern. Wie tausend klitzekleine Lichter funkelte es. Es war wunderschön. Als wir über ein Gewässer flogen – keine Ahnung, ob See oder Meer – da spiegelte sich das Funkeln im Wasser unter uns.

Irgendwann fielen uns die Augen zu.
Als ich erwachte war es taghell. Wir überquerten schneebedeckte Berggipfel und ich fror entsetzlich. Meine Zähne klapperten so laut, dass auch Santara erwachte.
Sie begann in ihrer Tasche zu kramen und reichte mir ein winziges Stoffknäuel.
„Was soll ich denn damit?"
„Anziehen, was sonst?"
Missmutig schüttelte ich den Kopf. Das Stoffknäuel fühlte sich merkwürdig bekannt an. Wie … wie Spinnweben!
„Sind das etwa ...?"
„Zieh es an oder willst du erfrieren?", fauchte Santara.
Also schüttelte ich es aus und es sah tatsächlich einem Pulli ähnlich. Einem Pulli aus Spinnweben!
Vorsichtig, um das dünne Gewebe nicht zu zerreißen, zog ich es über die Ohren und streifte es an meinem Körper herunter. Und es wurde mir augenblicklich warm. Das gibt's doch nicht, fuhr es mir durch den Kopf. So ein dünnes Ding und wärmt besser als mein Anorak!
„Aber erst motzen!", maulte der Kobold vor mir.
Sie reichte mir noch ein Knäuel, das sich als Strümpfe entpuppte, schließlich war ich barfuß, und einen weiteren Spinnwebenpulli,

den ich an Kori weiterreichte, der eben erwacht war.
Der Drache schien nicht zu ermüden. Weiter und weiter ging die Reise über schneebedeckte Höhen, über Flüsse und Täler. Hin und wieder sahen wir die Bewohner dieses Landes und auch sie winkten uns zu, aber im Großen und Ganzen verlief die Reise ruhig. Santara und Kori versorgten uns mit Essen und Getränken aus ihren Taschen und ich konnte es mir nicht verkneifen, den einen oder anderen Happen einzuwerfen.
Nach etlichen Stunden setzte der Drache zur Landung an.
„Bist du dir sicher?", fragte Santara und ihre Stimme klang besorgt.
Der Drache nickt.
Ich konnte Santaras Bedenken verstehen. Wir landeten in einem engen Tal. Schon lange Zeit hatten wir kein anderes Wesen mehr gesehen. Es war hier dunkel, denn die Sonne stand schon tief hinter dem Bergrücken. Waren wir vorhin noch über saftige Wiesen geflogen, so war dieses Tal kahl. Viel Felsen, wenig Gras.
Am Ende des Tals, dort, wo die Felsen sich berührten, stürzte ein Wasserfall mit lautem Getöse herab. Aber merkwürdigerweise bildete das Wasser keinen See, sondern schien im Boden zu verschwinden.
Kori stieg als erster ab.
„Das muss ich mir ansehen!", sagte er.
Geschwind, ohne auf uns zu warten, lief er zum donnernden Wasserfall.
Und Kiriane, von der wir während des Fluges keinen Ton gehört hatten, ließ sich käseweiß zu Boden gleiten.
Santara und ich grinsten uns an.
„Ist halt was anderes als selber fliegen", murmelte die Elfe zu ihrer Verteidigung und blieb an Ort und Stelle sitzen.
Während der Drache sich bequem ausstreckte, folgten Santara und ich dem Zwerg.
„Das Wasser verschwindet tatsächlich einfach im Boden", schrie Kori gegen das Getöse an.
„Aber seht hier!"
Er zeigte auf ein paar Stellen auf dem felsigen Boden. Ich konnte nichts Ungewöhnliches erkennen.
„Das ist künstlich angelegt. Das können nur Zwerge vollbracht haben!", fuhr er stolz fort.

Aber warum sollten Zwerge das Wasser des Sees in den Untergrund verlegt haben?
„Wir lieben eben das Leben unter der Erde. Und bei diesem Getöse ist es an einem unterirdischen See bestimmt gemütlicher", beantwortete er meine unausgesprochene Frage.
Santara war währenddessen ein Stück weitergelaufen, die Nase dicht am Boden.
„Hast du was verloren?", fragte ich.
„Quatsch! Ich suche den Eingang."
Den Eingang. Zur Zwergenhöhle. Natürlich. Da ich nicht nur blöd dastehen wollte, suchte ich auch. Ich hatte zwar überhaupt keine Ahnung, wie der Eingang zur Zwergenhöhle aussehen sollte, vielleicht wieder ein Stein oder so, aber das wollte ich mir auf gar keinen Fall anmerken lassen. Schließlich machte es auf Dauer null Bock ständig der zu sein, der die wenigste Ahnung hat!
Da die anderen in der Nähe des Wasserfalls suchten, entfernte ich mich etwas.
Hatte sich da etwas hinter dem kleinen Felsblock etwa fünf Meter vor mir bewegt? Ich drehte mich zu den anderen um. Sie beachteten mich nicht. Ich starrte zu besagtem Felsblock. Nichts. Unschlüssig blieb ich stehen. Sollte ich die anderen rufen?
Kiriane lag noch immer bewegungslos im Gras. Das hatte sie nun von ihrer Hochnäsigkeit. Geschah ihr recht! Unschlüssig sah ich zu den beiden anderen, doch die suchten noch immer eifrig nach einem Eingang. Ich seufzte. Und setzte langsam einen Fuß vor den anderen. Mit jedem Schritt war ich mir sicherer, dass ich mich getäuscht hatte.
Dort angekommen, holte ich tief Luft und beugte mich über den Felsen.
Ein Schreckensschrei ließ mich zurückfahren. Ich sah mich um. Meine Begleiter hatten wegen des Wasserfalls nichts mitbekommen.
Also hatte ich doch Recht gehabt! Hinter dem Felsbrocken saß etwas oder jemand. Und er oder es hatte eine Stimme. Vorsichtig beugte mich wieder über den Felsen.
Zwei ängstliche Augen blickten mir entgegen. Und diese Augen saßen in einem Gesicht, das dem Koris nicht unähnlich war. Ein Zwerg, um genau zu sein, ein Zwergenmädchen!

Das Mädchen kauerte ängstlich in dem Spalt hinter dem Felsen. In der Hand hielt es, du wirst es kaum glauben, eine rote Zipfelmütze.
„Hey", sagte ich und versuchte ein Grinsen zustande zu bringen.
Das Mädchen blickte mich erstaunt an.
„Ich bin Tom und wie heißt du?"
„Ekata-in", kam die schüchterne Antwort.
„Hallo Ekata-in. Äh, was machst du da? Warum versteckst du dich?"
„Vor Zanubi dem Zauberer. Kommt ihr von ihm?"
„Ne! Noch nie von dem gehört. Wir sind auf der Suche nach dem weißen Tiger."
Ekata-in schrie leise auf.
„Der weiße Tiger?"
Sie schlug die Hände vors Gesicht.
„Der weiße Tiger ist an allem schuld. Ohne ihn hätte es Zanubi doch nie geschafft, alle von hier fortzuschaffen."
Das Zwergenmädchen schluchzte verzweifelt auf. Ziemlich blöde Situation. Ehrlich gesagt, wusste ich gar nicht, was ich tun sollte. Ich sah mich wieder nach den anderen um. Keiner beachtete mich. Deshalb wandte ich meine Aufmerksamkeit wieder dem verzweifelten Wesen hinter dem Felsblock zu.
„Willst du nicht mal vorkommen? Ziemlich ungemütlich, diese Stellung."
Ekata-in schüttelte den Kopf.
„Du brauchst keine Angst zu haben, wir tun dir nichts. Wir sind auf der Suche nach dem weißen Tiger, um die Prophezeiung zu erfüllen. Sieh doch selbst, wir haben bereits den Drachen gefunden."
Vorsichtig lugte Ekata-in über den Felsen.
Doch als der Drache den Kopf hob und in unsere Richtung blickte, verschwand sie sofort wieder in ihrem Versteck.
„Der Drache hat uns in dieses Tal gebracht, weil hier ein weißer Tiger leben soll", fuhr ich fort.
„Das stimmt oder hat gestimmt. Wir lebten hier friedlich zusammen. Der Tiger über der Erde und wir Zwerge in den Höhlen darunter, aber dann .."
Wieder schluchzte sie auf.

„Nun hör auf zu heulen! Vielleicht können wir dir helfen."
„Niemand kann mir helfen. Und ihr schon gar nicht, was wollt ihr schon ausrichten gegen Zanubi? Ein Zwerg, ein Kobold und ein irgendetwas!"
Damit schien sie mich zu meinen.
„Jetzt hör aber auf. Ich bin ein Mensch, wenn du es wissen willst und um genau zu sein, ich bin der dunkle Krieger."
Das Zwergenmädchen hörte sofort auf zu schluchzen. Ihre Augen waren ganz weit aufgerissen.
„Echt?", hauchte sie.
Ich nickte. „Kommst du jetzt?"
Ich streckte ihr die Hand hin.
Sie nickte und kletterte mit meiner Hilfe aus ihrem Versteck.
Ich sah, wie der Drache mir zunickte und mit Ekata-in an der Hand ging ich auf Santara und Kori zu, die noch immer nach dem verborgenen Eingang suchten.
„Was hast du denn da gefunden?"
Kiriane flatterte auf uns zu, anscheinend ging es ihr wieder besser.
„Na, wieder fit? Ekata-in, das ist Kiriane, eine ..."
„ ... Elfe! Oh, du bist wunderschön."
Geschmeichelt reichte Kiriane dem Zwergenmädchen die Hand.
„Du siehst aber auch hübsch aus", erwiderte sie das Kompliment.
Ich verdrehte die Augen. Weiber!
Nun hatten uns auch die beiden anderen entdeckt und kamen angelaufen.
„Das ist Ekata-in, ich habe sie zwischen den Felsen entdeckt."
„Du erstaunst mich immer wieder!" Santara schüttelte den Kopf.
„Sei gegrüßt Ekata-in, Tochter des Zwergenvolkes, man nennt mich Santara. Ich bin die Hüterin des Waldes. Und das ist Kori, ein Kristallzwerg."
Erstaunt riss Ekata-in die Augen auf.
„Die Hüterin des Waldes! Und der dunkle Krieger. Vielleicht besteht doch noch Hoffnung!"
Wir verließen den Wasserfall und zogen uns zu unserem Landeplatz zurück. Hier war es etwas leiser und wir mussten nicht so schreien, um uns zu verständigen. Ekata-in näherte sich dem Drachen ehrfurchtsvoll, doch unter der Begleitung von Kiriane, die das Zwergenmädchen unter ihre Fittiche nahm, legte sie ihre

Scheu schnell ab.
Als wir um ein Lagerfeuer herumsaßen und die von Santara und Kori zubereitete Nahrung aus Pilzen und Beeren gegessen hatten, war es fast so, als hätte die junge Zwergin schon immer zu uns gehört. Die halbe Nacht saßen wir um das Lagerfeuer und Ekata-in erzählte uns von den Vorkommnissen im Tal des donnernden Wassers.

Ekata-ins Geschichte

„Wir lebten hier Hunderte von Jahren glücklich und zufrieden. Mein Volk hatte sich ein wunderschönes Reich unter der Erde aufgebaut. Und darüber lebten die weißen Tiger. So waren wir zwar abgeschnitten von anderen Zwergenvölkern, denn es kam nicht oft vor, dass sich jemand einfach so in dieses Tal wagte. Die Tiger waren nicht böse oder so. Im Gegenteil, sie waren weise und standen unserem König oft mit Rat zur Seite, doch wer begegnet schon gerne einem wilden Tier, das, wie man weiß, zur Gattung der Raubtiere gehört."
Kori und ich nickten eifrig.
„So lebten wir also viele hundert Jahre, denn wie ihr ja wisst, werden wir Zwerge sehr alt. Die Tiger wechselten. Auf den Vater folgte der Sohn, auf die Mutter die Tochter. Und alles ging gut. Bis, ja bis ... Zanubi kam. Zanubi war ein Zauberer, groß von Gestalt, viel größer als wir Zwerge, mit langem weißen Bart, der ihm bis über den Bauch reichte und einem gewaltigen Stab in der Hand, den er eigenhändig aus der Krone einer Eiche gebrochen hatte. Zanubi kam und zunächst freuten wir uns. Er brachte allerlei Kunde aus anderen Ländern, von Völkern, von denen wir die Namen nur aus unseren Geschichten kannten, von Wesen, von denen wir noch nie gehört hatten. Mit ihm kamen Tiere, die es in dieser Vielzahl noch nicht bei uns gegeben hatte. Fliegen. Wir sollten bald merken, dass es seine Boten waren, die er benutzte um Botschaften in ferne Teile dieses Planeten zu senden. Und noch eine Aufgabe erfüllten diese Wesen: Sie waren seine Spione. Nichts, aber auch wirklich nichts, konnte ihnen entgehen und so halfen sie ihm, mein Volk zu besiegen. Aber zurück zum Anfang.

Zanubi war uns willkommen und wir nahmen ihn gerne in unserer Behausung auf. Da unsere Höhlen sehr groß und auch hoch sind, gab es für ihn keinerlei Schwierigkeiten sich in unserem Reich einzuleben. Die Tage vergingen und wir wurden nicht müde, seine Geschichten zu hören. Doch störte uns schon damals, dass seine Begleiter, besagte Fliegen, von Tag zu Tag mehr wurden. Waren wir dem Getöse des Wasserfalls entgangen, so surrten nun diese Insekten überall umher. Gelagerte Lebensmittel verdarben durch ihre Schuld und aus ihnen krochen Maden, die wieder zu Fliegen wurden. Unser König beschloss daher, Zanubi zu bitten, die Fliegen auszuschließen, doch hier zeigte Zanubi sein wahres Gesicht. Er lachte den König hämisch aus. Wir waren entsetzt! Noch nie hatte jemand so etwas gewagt. Deshalb beschlossen einige Zwerge, Zanubi zu packen und aus der Höhle zu werfen. Trotz großer Gegenwehr schafften sie das auch. Zwerge sind sehr kräftig."
Kori richtete sich stolz zu seiner ganzen Größe auf.
„Doch was wir nicht wussten, war, dass Zanubi seine Magie dazu benutzt hatte, unseren Eingang, der so gut verborgen ist, dass nur ein Eingeweihter ihn finden kann, offen zu legen. Auf jeden Fall passierte es, dass eines Nachts, als alle, nun ja bis auf mich, als alle schliefen, der letzte der weißen Tiger eindrang und auf Zanubis Geheiß alle Angehörigen meines Volkes aus der Höhle trieb."
„Und wo warst du?"
„Ich? Nun ja, ich wollte noch meine Mondsteine ins Mondlicht legen. Wir hatten Vollmond und ich hatte es den ganzen Tag vergessen. Wisst ihr, mein Lehrer wäre sicher erbost gewesen, wenn ich es dieses Mal wieder vergessen hätte. Ich bin nämlich etwas schusselig, um ehrlich zu sein."
„Na, das hat dir ja dieses Mal Glück gebracht."
Ekata-in lächelte mich an.
„Das hab ich mir auch gedacht. Der weiße Tiger hat die Zwerge fortgetrieben und ich folgte ihnen vorsichtig. Und dann ...", Ekata-in schluchzte auf, „... dann traf er sich mit Zanubi. Der verhöhnte meine Leute und sagte, dass er sich für den schändlichen Rauswurf, den sie ihm bereitet hatten, rächen werde. Einige der starken Zwergenmänner und Frauen begehrten auf, doch der weiße Tiger schüchterte sie rasch ein. Und dann murmelte der Zauberer ein paar Wörter und klopfte mit seinem Stab gegen einen Felsen. Der

tat sich auf und verschluckte mein ganzes Volk. Als der Felsen sich wieder geschlossen hatte, verschwanden der Zauberer und sein Helfer, denn ich wusste ja nun, dass der Tiger sein Helfer war. Ich versuchte tagelang einen Eingang zu finden. Nichts!"
Verzweifelt schwieg Ekata-in.
„Deshalb kehrte ich hierher zurück. Vielleicht hatten sie noch jemanden übersehen. Aber der Eingang zu unserem Reich ist verschwunden. Der Zauberer muss das getan haben."
„Und dann kamen wir." Kiriane hatte ihren Arm fürsorglich um die Schultern des Zwergenmädchens gelegt. So hatte ich die Elfe noch nicht erlebt. Ich hatte sie mürrisch und streitbar kennen gelernt.
„Weißt du warum der Tiger Zanubi geholfen hat? Du sagtest doch ihr lebtet in Frieden zusammen?"
Ekata-in nickte bedrückt. „Viele Jahrhunderte. Doch die weißen Tiger wurden immer weniger. Einige verschwanden auf seltsame Weise. Niemand hat sie mehr gesehen und zum Schluss war nur noch einer übrig. Man sagt, dass es anderswo noch andere geben soll, aber so oft er sich auch auf den Weg machte, eine Gefährtin zu finden, er kam immer erfolglos zurück."
„Einsamkeit und Schmeichelei haben schon manchen verführt", Santara wiegte den Kopf hin und her. „Wer weiß, was der Zauberer ihm alles versprochen hat."
„Aber das ist noch lange kein Grund ..."
Santara hob beschwichtigend die Hände.
„Ihr habt Recht. Aber es ist spät geworden. Am besten wir ruhen uns aus. Morgen wird uns Ekata-in zu diesem Felsen führen, in Ordnung?"
Wir waren alle einverstanden. Um uns vor der Kälte zu schützen, kuschelten wir uns eng an den Drachen. Und begleitet von dem Brausen des Wasserfalles, glitten wir in das Reich des Schlafes.
Ich schlief unruhig in dieser Nacht. Ich träumte von Zauberern und gefangenen Zwergen, die um Hilfe riefen. Einer trug einen merkwürdig gestreiften Hut, klopfte immer wieder gegen den Fels. Poch. Poch, poch. Dann wieder sah ich unzählige Fliegen, die durch ein Schloss aus Glas krochen. Es summte überall. Dann sah ich eine Art Thronsaal mit einem blauen Thron, der wie ein Delfin geformt war, auf dem ein alter Mann mit langem Bart saß. Sein

Gesicht zeigte schon viele Runzeln. Er hatte seine Hände über dem Bauch gefaltet und schien zu schlafen. Am Thron lehnte ein Stab. Er schien aus altem Holz gemacht zu sein. Und oben eingebettet lag etwas Schwarzes.
Ich musste wohl im Schlaf gewimmert haben, denn Kiriane verpasste mir einen Schlag.
„Psst, du weckst die Kleine noch auf!"
Sehr fürsorglich! Mir taten die Rippen weh. Lange lag ich wach. Erst als die Sonne am Horizont ihre ersten Strahlen sehen ließ, schlief ich wieder ein.

Als ich erwachte, duftete es herrlich. Mir lief das Wasser im Mund zusammen.
Santara und Kori hatten bereits ein Feuer entfacht und unser Frühstück zubereitet. Auch Kiriane und Ekata-in waren wach und saßen eng aneinandergeschmiegt um das Feuer. Der Drache, der mich die ganze Nacht so angenehm gewärmt hatte, stupste mich freundlich an.
„Guten Morgen, mein Freund."
„Guten Morgen."
Ich rieb mir den Schlaf aus den Augen und rappelte mich auf.
„Gut geschlafen?", er zwinkerte mir zu.
„Ja, das heißt eigentlich nein", murmelte ich. Der Traum ging mir nicht mehr aus dem Kopf.
Ich ging schweigend zu den anderen und setzte mich ans Feuer, die Hände ausgestreckt, um mich an den Flammen zu wärmen. Es war recht kühl und selbst in meinem Spinnwebenpulli fröstelte ich nun, da ich die Wärme des Drachen nicht mehr spüren konnte.
Schweigend saßen wir ums Feuer und Santara verteilte einen grünlichen Brei, den sie für jeden auf ein großes Blatt getan hatte. Auch mich vergaß sie nicht. Im Gegensatz zu dem Geruch, den diese Speise verbreitete, sah sie einfach ekelerregend aus. Du weißt schon, wie … Du weißt doch was ich meine, oder?
Na ja, als ich sah mit welcher Begeisterung die anderen vier aßen, schloss ich die Augen und ließ den Duft auf mich wirken. Ich stellte mir vor, dass vor mir ein leckerer Schweinebraten, Vanillepudding, Schokoeis und Weihnachtsplätzchen nebeneinander lagen. So ähnlich roch es nämlich. Dann griff ich zu.

Es schmeckte köstlich. So köstlich, dass ich sogar mit offenen Augen essen konnte. Als ich meine Augen deshalb öffnete, starrten mich die anderen an.
„Tiere essen!", murmelte die Elfe verächtlich.
Ich zuckte mit den Schultern. „Alles lebt, alles. Auch Pflanzen. Hat mich ein kluger Kobold gelehrt."
Als ich mir die Finger saubergeschleckt hatte – herrlich ohne Eltern, mal nicht immer „Händewaschen, Zimmeraufräumen, Hausaufgabenmachen, Tischdecken" – fragte ich Ekata-in, wie der Zauberer denn ausgesehen hatte. Ihre Antwort ließ mich erstarren.
„Alt, viele Falten, groß, viel größer als wir Zwerge, mit langem weißen Bart."
„Santara, ich habe von ihm geträumt, ich habe ihn in meinem Traum gesehen. Er sah genauso aus wie sie es beschreibt!"
„Aber so sehen doch alle Zauberer aus."
Kiriane natürlich.
„Und ...", fügte ich hinzu, „er hatte einen Stab, aus altem Holz und oben eingebettet, da lag etwas Schwarzes ..."
„Genau! Das ist er!", unterbrach mich Ekata-in aufgeregt.
„Was hast du noch gesehen?"
Auch Santara wirkte gespannt.
„Nichts!"
„Was heißt hier nichts? Gerade wo es anfing interessant zu werden, endet dein Traum?"
„Du hast mich aufgeweckt. Mir einen Rempler verpasst. Tut immer noch weh."
Betroffen starrte Kiriane ins Feuer.
„Entschuldige bitte. Ich wollte nicht ..., ich wollte doch nur, die Kleine ..."
Kiriane schwieg unter dem entschlossenen Blick, den Santara ihr zuwarf.
Ich spürte den Blick des Drachen in meinem Rücken und drehte mich nach ihm um. Ermutigend nickte er mir zu.
Ich schluckte.
„Also, etwas hab ich schon noch geträumt. Der Zauberer saß auf einem blauen Thron. Der war so merkwürdig geformt. Wie ein Fisch oder ein Delfin."
Ein erstauntes Luftholen meiner Begleiter ließ mich stoppen.

Mit einer einzigen Handbewegung brachte Santara sie zum Schweigen.
„Weiter!"
„Der Thron stand in einem großen Saal. Ich hatte den Eindruck, dass es sich um ein Schloss oder so handelte. Aber es war aus Glas. Ach ja, ich konnte viele Gänge erkennen, aber alle waren voller Fliegen. Es war entsetzlich."
Nachdem ich geendet hatte, schwiegen wir eine ganze Weile. Schließlich nickte Santara.
„Das Schloss von Bagol. Das macht Sinn. Verdammt viel Sinn. Ich danke dir, Tom."
Verblüfft sah ich von einem zum anderen. Das Schloss von Bagol?
„Das Schloss von Bagol war einst, also vor vielen Jahrhunderten der Sitz der Meister. Warte ab, Tom, ich werde es dir erklären."
Santara hob beschwichtigend die Hand und würgte damit meine nächste Frage ab.
„Einst kamen weise Wesen von fremden Sternen, um diesem Planet bei der Entwicklung zu helfen. Diese Wesen bewohnten das Schloss von Bagol. Kein Schloss im herkömmlichen Sinn! Nicht so eins, wie du es dir jetzt vielleicht vorstellst. Das Schloss von Bagol sah eher einer Pyramide gleich. Und es war durchscheinend. Aus Energie erbaut. Es heißt, es schimmerte ganz nach Stimmungslaune seiner Bewohner. Nun, um es kurz zu machen, heute weiß niemand, wo das Schloss von Bagol stand. Die alten Zeiten sind lange vorbei."
Santara sah den Drachen an.
„Die alten Zeiten sind vorbei", der Drache nickte, „aber es kommen neue. Und gute, wie mir scheint."
Er sah mich an.
„Du hast es geschafft, uns Drachen wieder diese Welt zu öffnen." Er lachte. „Natürlich – uns –. Es gibt viele von uns. Drachen sind nur hier auf der Erde seltene Wesen. Es gibt uns seit Anbeginn der Zeit und es wird uns immer geben. Einst gingen wir aus und ein im Schloss von Bagol. Doch das ist lange her."
„Aber wenn ihr schon dort wart, dann müsst ihr doch wissen, wo es liegt?"
„So einfach ist das nicht, Tom. Das Schloss von Bagol ist, wie gesagt, kein Bauwerk im herkömmlichen Sinn. Es ist aus Energie ge-

baut. Aus reiner Energie. Nur wer reinen Herzens ist, kann es finden und es dann auch noch betreten."
„Wieso hat es dann dieser merkwürdige Zauberer geschafft?"
„Das wissen wir nicht. Aber nach deiner Beschreibung muss es sich um das Schloss von Bagol handeln. Lange Zeit war es verschwunden. Es gab viele kluge Wesen, die sich auf den Weg gemacht haben, es zu finden. Aber niemandem ist es gelungen."
Santara schwieg.
„Bis zu Zanubi."
„Ja. Aber wie er das geschafft hat, ist mir ein Rätsel."
„Das ist für uns nicht von so großer Bedeutung", unterbrach der Drache Kiriane.
„Wichtig ist, dass es überhaupt möglich ist, das Schloss von Bagol in dieser Welt wieder wahrzunehmen. Viele Jahrhunderte hindurch war das nicht mehr möglich. Das bedeutet doch, dass die Zeit reif für Veränderungen ist, dass etwas Neues entstehen kann. Wir wollen doch nicht Altes wiedererwecken. Es sind genug Fehler gemacht worden. Zu allen Zeiten. Ich weiß, was du sagen willst, Santara, aber auch damals war nicht alles in Ordnung. Und dieser Planet hat diese Zeit der Entwicklung gebraucht. Es war eine wichtige Zeit für die Bewohner, alle Bewohner. Wahrscheinlich ist es durch diese erfolgte Entwicklung erst möglich geworden, Bagol wieder zu sehen. Und das bedeutet, dass wir gute Chancen haben, unsere Aufgabe zu erfüllen."
Der Drache sah mich an.
Ich schluckte.
„Eigentlich weiß ich gar nicht so genau, was ich tun soll. Ich weiß natürlich, dass ich die magischen Wesen vereinen soll, aber wie, weiß ich nicht."
„Mein Freund, du hast deine Aufgabe bisher mit Bravour erledigt. Oder, wie du wahrscheinlich sagen würdest, megastark." Sanfor lächelte.
„Ich habe aber doch eigentlich gar nichts gemacht. Das Einhorn, kannten die beiden ...", ich zeigte auf Kiriane und Santara, „ ... schon und dich, na ja, Zufall."
„Zufall, mein Freund, gibt es nicht. Alles was in deinem Leben passiert, ist dazu da um dich etwas zu lehren. Man muss nur erkennen was. Dann ist alles ganz einfach. Nein, mein Freund, du hast mich

mit der Macht deiner Gedanken gerufen. Und das war kein Zufall. Schon die Prophezeiung spricht davon, dass der dunkle Krieger jemand mit viel Fantasie ist, jemand, der das Spielen noch nicht verlernt hat. Und zum Spielen braucht man nun mal Fantasie. Ohne diese funktioniert es nicht."
Vielleicht hatten sie Recht. Vielleicht aber auch nicht. Bisher war es ziemlich bequem gewesen an den Zufall zu glauben.
Santara kicherte.
„Können wir das alles nicht aufschieben? Es gibt Wichtigeres zu tun. Wie sollen wir das Schloss finden? Hat jemand eine Idee?"
„Könnte Sanfor es nicht suchen? Ich meine ohne uns? Er kennt das Schloss. Und wir könnten nach den Zwergen sehen. Vielleicht gibt es eine Möglichkeit, den Felsen zu öffnen." Kiriane sah uns an.
Sanfor nickte.
„Natürlich suche ich das Schloss von Bagol. Ich freue mich auf ein Wiedersehen. Manchmal ist es gut der Vergangenheit zu begegnen und in diesem Fall besonders."
„Gut. Wir befreien zuerst dein Volk, Ekata-in. Sanfor wird in der Zeit das Schloss suchen. Und dann schnappen wir uns den Zauberer. Aber wie kommen wir in das Schloss? Diese Fliegen machen mir Sorgen, große Sorgen. Hat jemand eine Idee?"
Ich merkte, dass mich der Drache beobachtete. Auch den anderen schien das aufgefallen zu sein.
„Tom?", fuhr Santara fort.
„Äh, ich weiß nicht."
Was wollte er? Wie sollte ich das wissen?
Er nickte mir aufmunternd zu.
Mist! Jetzt fing er auch noch an zu grinsen. Scheiße.
Scheiße? Genau!
Die anderen starrten uns ratlos an.
„Wir machen's mit Scheiße!" Ich grinste Sanfor zu: „Mit Drachenscheiße, um genau zu sein."
Kori brüllte vor Lachen los.
„Das ... das ... ist das Genialste, was ich je gehört habe."
Er kugelte sich auf dem Boden. „Drachenscheiße!"
Santara sah von mir zum Drachen und dann zu Kori.
„Ich versteh kein Wort! Willst du sie damit abwerfen?"

Kori japste nach Luft. „Abwerfen ... pfff ...."
Auch ich konnte nicht mehr an mich halten. Ich lag auf dem Rücken und musste mir den Bauch vor Lachen halten.
„Schluss jetzt!"
Santara war aufgesprungen und stampfte wütend mit dem Fuß auf. „Könnt ihr mir jetzt endlich erklären, was ihr vorhabt?", fuhr sie versöhnlicher fort.
„Wir ... wir ...", versuchte ich zu erklären, aber ein neuer Lachanfall schüttelte mich.
„Abwerfen ... jede einzelne Fliege ...", Kori wälzte sich noch immer auf dem Boden hin und her, „ich pack es nicht. Diese Kobolde!"
Da ich merkte, wie sauer Santara wurde, versuchte ich das Lachen zu unterdrücken. „Nein. Fliegen lieben Scheiße. Die sitzen doch ständig da drauf. Und deshalb dachte ich, dass wir sie mit Drachenscheiße aus dem Schloss herauslocken könnten."
„Genial!" Kiriane war aufgesprungen und flatterte aufgeregt mit ihren Flügeln.
„Nicht schlecht für einen Menschen! Drachenscheiße!"
Nun kicherte auch sie vor sich hin.
Sogar das Zwergenmädchen musste grinsen.
„Ist doch 'ne tolle Idee, oder?"
Alle Augen richteten sich auf Santara.
„Hm, ja", murmelte sie.
„Bitte? Ich konnte dich eben nicht verstehen", hakte Kori mit frechem Grinsen nach.
Santara warf ihm einen wütenden Blick zu. Doch Kori grinste noch immer von einem Ohr zum anderen.
„Könnte klappen!", murrte Santara.
„Gut. Dann sollten wir wohl am besten losgehen. Was meinst du, Sanfor?"
Der Drache nickte.
„Halte dich aber hoch! Damit dich die Fliegen nicht entdecken."
Santara wirkte besorgt.
Wieder nickte der Drache.
„Niemand wird mich sehen oder auf andere Weise wahrnehmen."
Und dann erhob er sich in die Lüfte.
Unglaublich wie elegant sich ein so großer und sicher auch schwerer Körper bewegen konnte. Fasziniert beobachteten wir das edle Wesen.

„Los! Ekata-in, du führst uns zu diesem Felsen. Packt alles zusammen! Niemand soll wissen, dass hier jemand gelagert hat."
Santara fing an das Gras zu streicheln, das sich sofort wieder aufrichtete. Niemand konnte nun ahnen, dass hier vor wenigen Augenblicken noch ein Drache, zwei Zwerge, ein Kobold, eine Elfe und ein Mensch übernachtet hatten.

Es war kein besonders weiter Weg bis zu jenem Felsen, von dem Ekata-in uns berichtet hatte. Und es war auch kein spektakulärer Felsen. Er sah gewöhnlich aus. Nach Felsen halt und nicht nach einem geheimnisvollen Gefängnis.
Wir tasteten die Wand ab. Krochen darauf herum. Umrundeten ihn. Nichts!
Wir klopften dagegen. Einzeln und zusammen, bis uns die Fäuste schmerzten. Nichts!
Schließlich warf sich Ekata-in verzweifelt auf den Boden.
„Vielleicht leben sie ja gar nicht mehr. Vielleicht sind alle tot!"
Betroffen sahen wir uns an.
„Dass wir keinen Kontakt herstellen können, heißt nicht, dass sie tot sind", versuchte Santara sie zu trösten.
„Zanubi ist ein Zauberer. Er hat sicher den Felsen irgendwie zusätzlich versiegelt."
„Aber wenn sie tot sind?", heulte Ekata-in.
„In meinem Traum habe ich einen Zwerg gesehen, der gegen einen Felsen schlug. Er trug einen merkwürdig gestreiften Hut."
Ekata-in unterbrach ihr Weinen und setzte sich auf. Mit ihren großen Augen sah sie mich hoffnungsvoll an.
„Welche Farbe? Der Hut!"
„Das lässt sich nicht so leicht sagen, die waren so verwischt, gemischt."
„Das ist Kolofi! Er lebt! Sie leben bestimmt alle! Ich danke dir, Tom!"
Es war gar nicht so einfach bei der stürmischen Umarmung stehen zu bleiben.
„Wir wissen nun, dass sie leben. Vielleicht finden wir im Schloss von Bagol die Lösung", sagte Santara und sah das Zwergenmädchen an.
Ekata-in nickte. „Er hat den Felsen mit seinem Stab verschlossen.

Können wir ihn nicht mit ihm öffnen?"
Santara nickte. „Wahrscheinlich ist es aber nicht der Stab, sondern das, was oben eingeschlossen ist. Vermutlich ein magischer Stein. Den müssen wir holen. Und dann sind wir in der Lage dein Volk zu befreien."
Ich traute mich nicht, sie zu fragen, wie sie das denn anstellen wollte. Ins Schloss von Bagol spazieren und den Stein des Magiers klauen?

Wir gingen zurück. Und auch dieses Mal begegneten wir niemandem. Keinem Tiger, aber auch keiner Fliege.
Santara und Sanfor hatten telepathisch einen neuen Treffpunkt vereinbart und als wir uns näherten, konnten wir Sanfors gelungene Landung bewundern.
Der Drache hatte das Schloss gefunden! Sich aber nicht weiter genähert, um nicht entdeckt zu werden.
Nun mussten wir nur noch hinein!

Wir lagerten ein ganzes Stück entfernt in einer großen Höhle, die uns Ekata-in gezeigt hatte. Es war nicht ganz einfach, den Drachen durch den Eingang zu schieben, aber wir wollten nicht draußen lagern, um nicht von umherfliegenden Spähern entdeckt zu werden. Den Eingang versteckten wir hinter vielen Ästen und Zweigen.
„Sollte Sanfor nicht mal ...? Na, ihr wisst schon", sagte Santara leise.
Kori begann über ihre Verlegenheit zu kichern.
„Wir wollen die Fliegen vom Schloss weglocken. Das heißt, die ‚Häufchen' müssen in bestimmten Abständen immer weiter vom Schloss wegführen." Kori grinste.
„Aber dann muss das erste ‚Häufchen', wie Kori es so schön genannt hat, auch das kleinste sein", fügte Kiriane dazu.
„Und die am weitesten entfernten, die stattlichsten."
Kori war so richtig in Fahrt. Man merkte ihm an, wie viel Spaß es ihm machte.
„Kriegst du das hin, Sanfor?"
Alle Blicke wandten sich dem Drachen zu.
„Ich nicht, aber ihr!"
Verblüfft sahen wir uns an.

„Das Schloss von Bagol wird, sobald ich mich nähere, zu schwingen beginnen, schließlich haben sich unsere Energien vor vielen Jahren schon verbunden. Dies wird Zanubi natürlich nicht verborgen bleiben und er wird seine Späher aussenden, um zu erkunden, wer sich nähert. Die Gefahr, dass sie uns entdecken, wäre zu groß."
„Wenn du ‚diese Sache' nicht vor Ort erledigen kannst, dann müssen wir sie also hinbringen. Heimlich versteht sich!", Santara rümpfte die Nase.
„Auch das noch!"
Kori war das Lachen vergangen.
„Naja, ...", ich musste schlucken, „Sanfor hat Recht. Wir wollen sie aus dem Schloss locken, ohne Alarm auszulösen. Dann müssen wir das Zeug eben irgendwie hinbringen. Wir warten am besten bis es dunkel ist."
Gesagt, getan.

Das Schloss von Bagol

Als der Abend näher rückte, wurden wir immer nervöser. Wir hatten eine schwierige und gefährliche Aufgabe vor uns. Was sollte aus den Zwergen werden, die Zanubi im Felsen eingeschlossen hatte, wenn wir versagten? Wir waren wohl ihre einzige Hoffnung.

Spät am Abend ging ich zum Höhleneingang und zog ein paar Zweige auseinander. Nicht mehr lange und es würde stockfinster sein. Kannst du dir vorstellen, wie ich mich fühlte? Ich hatte Angst, richtige Angst, die den Rücken hinaufkroch und sich überall einzunisten begann.

Doch bevor ich mich weiter diesem Angstgefühl hingeben konnte, bemerkte ich, dass Kiriane und Kori wieder einmal aneinander geraten waren. Die beiden keiften sich in einer Lautstärke an, die mich stark an einen Streit mit meinem Bruder erinnerte. Rasch ging ich zu ihnen zurück.

„Psst! Wollt ihr alles verderben?"

Betroffen sahen mich die beiden Streithähne an.

„OK, dann entscheide du! Du bist ja auch der dunkle Krieger und nicht dieser ... dieser Zwerg da." Kiriane warf Kori einen trotzigen Blick zu.

„Diese Elfe besteht darauf, den Drachen hier kacken zu lassen. Hier in der Höhle. Was glaubst du, wie das stinkt?!" Kori war sauer.

Verblüfft sah ich von einem zum anderen. Darüber hatten wir uns keine Gedanken gemacht. Ich sah zu Sanfor und stellte fest, dass sich der Drache hervorragend amüsierte.

Er lachte. „Ich finde es wunderbar, welche Gedanken ihr euch macht."

Wie hättest du entschieden?
Genau! Und so machten wir es auch.

Als Sanfor fertig war mit seinem ... du weißt schon was, hatten die Zwerge zusammen mit Santara bereits riesige Blätter besorgt. Mit kleinen Ästen schoben wir die Kacke darauf. Den Geruch beschreib ich dir hier nicht. Allerdings glaub ich seitdem nicht mehr, dass sie sich nur von Mondlicht ernähren. Nicht bei dem Geruch!
Die Farbe?
Orange!
Also, wie gesagt, wir schoben Teile darauf und immer zu zweit trugen wir die Blätter.
Wir platzierten sie so, wie wir es ausgemacht hatten. Je weiter vom Schloss entfernt, desto größer wurden sie.
Da das Schloss eine ganze Strecke entfernt war und wir nicht wagten, den Drachen in seine Nähe kommen zu lassen, brauchten wir die ganze Nacht. Erst kurz vor Sonnenaufgang waren wir fertig. Wir hatten alle ‚Häufchen' platziert!
Erschöpft, müde, aber auch schrecklich nervös legten wir uns in der Nähe des Schlosses auf die Lauer. Sanfor wartete währenddessen auf uns.
Woher die Bezeichnung Schloss kam, weiß ich auch nicht. Das Gebäude vor uns sah jedenfalls nicht so aus. Keine Türme oder Zinnen. Nur eine Pyramide. Sehr hoch. Aber das war schon alles.
Und dann graute auch schon der Morgen. Wir sahen einige Fliegen das Schloss verlassen. Sie kreisten einige Zeit über der Wiese und landeten schließlich auf der Drachenscheiße. Bald wurde das Gesumme immer lauter und Scharen von Fliegen verließen das Schloss. Drachenkacke musste wirklich köstlich sein, zumindest, wenn man eine Fliege ist. Das Gesumme über dem ersten kleinen Häufchen war unglaublich! Immer mehr drängten sich über dem Häufchen, bis es aussah, als würde eine schwarze Wolke darüber schweben. Eine Wolke, die immer größer und größer wurde.
Es dauerte nicht lange und eine der umherschwirrenden Fliegen hatte das nächste Häufchen entdeckt. Die Mehrzahl der Fliegen verließ das erste und drängte sich zum zweiten. Doch auch dieses war zu klein, so dass sie sich immer weiter vom Schloss entfernten.
„Es klappt!"

Kori klopfte mir auf die Schulter.
„Gut gemacht!", flüsterte er.
„Nun aber los!", drängte Santara.
„Ich habe Angst", Ekata-in zitterte vor Aufregung. „Was, wenn sie euch erwischen? Dann werdet ihr auch eingesperrt."
„Die erwischen uns nicht. Einen Zwerg, einen Kobold und den dunklen Krieger? Niemals werden wir erwischt. Wir sind die Mutigsten, die Tapfersten, die ..."
„Das reicht!"
Santara warf dem Zwerg einen ungeduldigen Blick zu. Aber Ekata-in hatte sich beruhigt. Kiriane hatte ihr wieder den Arm um die Schultern gelegt. Sie warf Kori einen dankbaren Blick zu. Na, zumindest hatten sich die beiden wieder versöhnt.
Ja, und dann marschierten wir los. Langsam gegen den Wind und immer in Deckung. Ekata-in und Kiriane begleiteten uns noch ein Stück und machten sich dann auf, um Sanfor zu treffen und mit ihm aufzusteigen. Es wäre zu gefährlich, hätte Zanubi von der Anwesenheit eines Drachen erfahren.
Wir näherten uns immer weiter dem Schloss.
Immer Deckung suchend und immer Ausschau haltend nach den Spionen von Zanubi. Doch keine Fliege war zu sehen.
„Wahrscheinlich ist Drachenkacke etwas, das sie äußerst selten zu Gesicht kriegen."
Santara hatte anscheinend das Gleiche wie ich gedacht.
Nicht viel später standen wir unmittelbar vor dem Schloss. Von Nahem sah es noch grauer aus. Es wirkte stumpf und trüb. Nichts von ihm ließ auch nur erahnen, was Santara uns davon erzählt hatte.
Das hier war nicht strahlend oder hell. Nicht hoheitsvoll. Es war dunkel. Unheimlich. Gefährlich.
Wenn ich gekonnt hätte, wäre ich weggerannt. So schnell mich meine Füße hätten tragen können.
Dieses Gebäude, oder wie immer man es auch nennen wollte, wirkte abstoßend. Abweisend. Kannst du es dir ungefähr vorstellen? Man will weg. Es ist, als ob etwas in einem flüstert oder gar schreit: Lauf, schnell, so lange du noch kannst! Und du kannst es mir glauben, ich musste all meinen Mut zusammennehmen, um nicht genau das zu tun.
Hinzu kam, dass wir nicht wussten, was uns innen erwartete. Auch

Santara hatte das Schloss noch nie betreten. Keiner von uns. Außer dem Drachen, und der wäre Zanubi natürlich nicht entgangen.
„Wie ... wie kommen wir eigentlich rein? Ich sehe keine Tür oder so?"
Ratlos sah ich meine beiden Begleiter an.
„Die brauchen wir auch nicht. Hast du es vergessen? Das Schloss von Bagol ist aus reiner Energie errichtet. Man braucht nur reinen Herzens zu sein und schon kann man die ‚Wände' durchschreiten", sagte Santara.
Sie atmete tief ein. Ein Strahlen trat auf ihr Gesicht und dann trat sie vor, auf das Schloss zu und ... und knallte voll gegen die Außenwand. Santara stolperte rückwärts und flog ins Gras.
Verwundert rieb sie sich ihren Kopf, an dem bereits jetzt eine riesige Beule zu sehen war.
„Ich war reinen Herzens! Ehrlich!"
„Das mag ja sein, Santara, aber sieh dir dieses Ding doch mal an. Glaubst du wirklich man braucht ein reines Herz dazu, um hier einzutreten?"
„Santara, Kori hat Recht. Das hier wirkt rundum böse."
„Stimmt! Hättet ihr das nicht früher sagen können? Das hätte mir die Kopfschmerzen erspart."
Santara rieb sich immer noch den Kopf.
Kori kramte in seinem Rucksack und reichte ihr ein paar Blätter.
„Hier! Leg sie auf die Beule. Das hilft. Und das hier kaust du. Aber langsam und klitzeklein."
„Danke."
Santara nahm die gereichten Blätter dankbar an.
„Was machen wir jetzt?"
Sie sah uns fragend an.
„Zuerst mal müssen wir etwas festlegen. Wenn es nur einer schafft, hineinzukommen, dann muss derjenige sein Glück alleine versuchen! Einverstanden?", fragte Kori.
Wir nickten.
„OK, dann bin ich mit dem nächsten Versuch dran. Der Blödmann hier wird es ja sowieso nicht schaffen." Kori schubste mich zur Seite.
Ich strauchelte und fiel. Verwirrt sah ich ihn an.

„Sag mal spinnst du? Seit wann bin ich ein Blödmann? Ich bin doch dein Freund.”
„Freund! Pah!”, schnaubte Kori.
Hilfesuchend sah ich zu Santara. Die ließ Kori nicht aus den Augen. Wahrscheinlich würde sie ihm gleich gehörig die Meinung sagen. Gut.
„Tom, du hast dich echt als Flasche erwiesen. Geh heim! Wir können dich hier nicht brauchen.”
Ich glaubte meinen Ohren nicht zu trauen. Hatte Santara das eben gesagt?
„Spinnt ihr beide? Ich dachte ihr braucht mich. Ihr habt mich schließlich um Hilfe gebeten. Das war doch nicht meine Idee!”
Kori lacht höhnisch: „Das schaffen wir auch ohne dich!”
Drohend ging er auf mich zu. Er schubste mich zurück ins Gras.
„Na komm, wenn du dich traust! Abreibung gefällig?”
So ein blöder Kerl!
„Natürlich trau ich mich, gegen einen Zwerg!”
„Na dann komm her, Lusche!“
Ich war total wütend. Zwar verstand ich nichts mehr, aber gefallen lassen wollte ich mir das nicht.
Ich stand also auf und ging auf ihn zu. Aus dem Augenwinkel sah ich, wie Santara uns beobachtete. Der wollte ich es auch noch zeigen. Später!
Die hatten mich doch hierher geholt! Die hatten mich zum dunklen Krieger auserkoren! Und? Hatte ich es nicht geschafft, den Drachen zu rufen? Hatte ich nicht die Idee mit der Drachenkacke? Wo wären sie denn ohne mich? Und nun das! Nein, das würde ich mir nicht gefallen lassen! Das nicht!
Ich ging auf Kori zu. Wütend. Sehr wütend. Außer mir. Na warte!
Ich ballte meine Fäuste, dann schrie Kori: „Jetzt!”.
Santara gab mir einen Schubs von der Seite und ich stolperte, stolperte durch die Außenwand des Schlosses.
Verblüfft sah ich mich um. Ich war drinnen.
Dann musste ich grinsen. Diese Bande! Sie hatten mich reingelegt. Um mich hineinzukriegen. Natürlich! Ich schlug mir mit der Hand gegen die Stirn. Man brauchte wohl eine Menge Wut im Bauch um durchzukommen. Leider konnte ich die anderen durch dieses milchige Gebilde nicht erkennen.

Ich tastete die Wand ab. Sie fühlte sich wie Mauerwerk an. Aber nun war ich ja auch nicht mehr wütend. Nun ging es mir gut.
Meine Freunde waren noch meine Freunde. Würden es immer bleiben!
So konnte ich die Wand nicht mehr durchdringen. Ich schluckte. Wie sollte ich zurückkommen?
Mir war zwar ziemlich mulmig, weil ich ganz auf mich allein gestellt war, aber andererseits war ich unendlich glücklich, dass ich meine Freunde nicht verloren hatte. Ich merkte wie wichtig sie mir geworden waren. Meine Freunde. Santara und Kori.
Ich sah mich um. Ich befand mich in einem schmalen Gang. Auch hier war es trüb. Die Luft wirkte abgestanden und schwer und die ganze Atmosphäre drückte auf das Gemüt. Angst lag in der Luft. Nichts von der Leichtigkeit und Freude, von der Santara uns berichtet hatte.
Langsam schlich ich den Gang nach rechts entlang. Die Luft war so drückend, dass ich bereits nach kurzer Zeit vor Anstrengung zu keuchen begann. Der Angstschweiß legte sich wie eine zweite Haut um meinen Körper. Hoffentlich waren die Fliegen noch beschäftigt.
Ich kam um eine Kurve und stand plötzlich vor einer Art Tür. Sie erinnerte mich an ein Burgtor. Links und rechts davon standen alte verrostete Ritterrüstungen mit heruntergelassenem Visier. Es schien mir, als würden sie mich beobachten.
Ich ging auf das Tor zu und schob – so leise wie möglich – den Riegel zur Seite.
Die Rüstungen ließ ich dabei nicht aus dem Auge. Ich erwartete, dass sie die Hellebarden jeden Moment vor mir kreuzten, um mich am Weitergehen zu hindern. Doch nichts geschah.
Ich atmete auf und schlüpfte durch den Spalt, denn weiter wagte ich das Tor nicht zu öffnen.
Verblüfft sah ich mich um. Ich stand in dem großen Saal von dem ich geträumt hatte! Dann erblickte ich den Thron und erstarrte.
Auf dem Thron saß jemand. Zanubi, der Zauberer.
Da erklang ein Geräusch. Ccchhhhh. Noch einmal. Cccchhhhhh.
Ich musste grinsen. Der große Zauberer schlief.
Langsam schlich ich näher.
Der Stab lehnte, wie ich es im Traum gesehen hatte, am Thron.

Ohne Zanubi weiter zu beachten, schließlich wollte ich so schnell wie möglich wieder weg, packte ich den Stab. Aber ich konnte ihn nicht tragen. Zu schwer für meine jetzige Größe. Was tun? Das Blatt auszuspucken, wagte ich nicht.

Ich besah mir den Stab. Oben eingeschlossen in das Holz, aber durch eingeschnitzte Spalten sichtbar, ruhte der Stein. Er war schwarz und es wirkte, als würde er leben. Ich stutzte. So, als würde er atmen. Ich legte den Stab auf den Boden. Vorsichtig und leise. Zanubi ließ ich dabei nicht aus den Augen, das kannst du mir glauben. Doch der Zauberer schlief noch immer tief und fest.

Dann griff ich nach dem Stein. Und zuckte zurück. Er fühlte sich warm an. Warm und weich. Und er pulsierte leicht. Doch ich hatte keine andere Möglichkeit, schließlich wollte ich den Zwergen helfen. Ich griff also wieder nach dem Ding. Ich versuchte es durch einen Spalt zu zwängen. Ging nicht. Der Spalt war zu klein. Ich versuchte ihn zu vergrößern und riss am Holz. Erst passierte gar nichts. Dann gab es nach und knackte leise. Ich zuckte zusammen und suchte Deckung hinter dem Thron.

Zanubi bewegte sich etwas. Schlief dann aber zum Glück weiter.

Ich wartete noch kurz, bis sein Atem wieder gleichmäßig war. Dann griff ich wieder nach dem Stein.

Dieses Mal erschrak ich nicht. Ich hielt dieses merkwürdige Ding fest und ließ es nicht los. Dann zwängte ich es durch den vergrößerten Spalt. Puh. Geschafft! Erleichtert atmete ich auf.

Vorsichtig spähte ich zu Zanubi. Noch immer schlief der Zauberer. Leise schlich ich um den Thron herum in Richtung Tor. Nur noch ein Stück. Der Stein pulsierte nun immer stärker in meiner Hand. Es war fast so, als würde er sich ausdehnen. Versteh mich nicht falsch, es fühlte sich nicht unangenehm oder so an, nur irgendwie komisch, ungewohnt, merkwürdig. Es war, als ob er zu mir sprechen wollte, ich aber seine Sprache nicht verstand. Aber dafür hatte ich jetzt keine Zeit. Ich wollte nur raus. Nicht auszudenken, was passieren würde, wenn mich Zanubi oder einer seiner Spione hier erwischte.

Ich hatte nun das Tor erreicht. Es stand noch immer leicht geöffnet. Leise huschte ich durch. Uff. Ich lehnte mich von draußen an das Tor und atmete erst einmal durch. Die erste Hürde war geschafft!

Ich stand zwischen den Rüstungen. Wieder hatte ich das Gefühl, sie würden mich beobachten, aber ich hatte mich ja bereits vorhin getäuscht. Ich sah mir den Stein in meiner Hand an. Er pulsierte, als würde er leben. Aber hatte Santara nicht ganz am Anfang gesagt, alles würde leben? Warum also nicht auch dieser Stein. Ich zuckte mit den Schultern.
Wie sollte ich nun nach draußen zu meinen Freunden kommen? Ich sah mir die Wände an. Und war total verblüfft.
Wie war das möglich? Die Außenwände hatten sich verändert! Waren sie vorhin noch – bestimmt kannst du dich erinnern – grau und dunkel und stumpf, so glänzten sie jetzt in allen Regenbogenfarben. Es war so hell im Gang, dass ich die Augen zusammenkneifen musste. Was tun?
Da hörte ich ein Summen. Ach, was sag ich! Ein Gesumme schwoll an. Es kam immer näher. Die Fliegen, schoss es mir durch den Kopf. Sie mussten die Veränderung bemerkt haben und kamen zu ihrem Herrn und Meister zurück. Vor Aufregung konnte ich keinen klaren Gedanken fassen. Was tun? Sie mussten gleich hinter der nächsten Biegung sein. Gleich würden sie mich entdecken. Was tun?
Ohne weiter darüber nachzudenken, schloss ich meine Hand noch fester um den Stein und hechtete auf die Außenwand zu.
Die Wände umschlossen mich. Sie flossen um mich. Sie waren vor mir und hinter mir. Alles war in Bewegung. Ich hatte das Gefühl zu fallen. Ich hatte das Gefühl, als wollte mich jemand zurückreißen. Etwas Dunkles wollte mich aus der Wand zurück ins Schloss ziehen.
„Neiiiiiin!!", schrie ich.
Nicht zurück. Nur nicht zurück. Von außen streckten sich mir Hände entgegen. Santara, Kori. Ich streckte meine Arme aus und ergriff diese Hände. Und plötzlich war ich draußen. Lag im Gras neben meinen Freunden.
„Schnell weg!"
Santara zerrte mich hoch.
Wir rannten, Santara voraus, dann ich und zum Schluss Kori. Weg vom Schloss. Weg von Zanubi. Wir nahmen uns nicht die Zeit, uns umzudrehen. Wir rannten wie wir noch nie gerannt waren.
Dann endlich stieß Sanfor vom Himmel herunter, genau auf uns

zu. Wir packten die Hände von Kiriane und Ekata-in und zogen uns hoch.
Sanfor flog sofort davon.
Geschafft! Sicher saßen wir auf dem Rücken des Drachen und grinsten uns an. Geschafft!
Nun konnten wir uns an die Befreiung von Ekata-ins Volk machen. Meine Hand schloss sich um den Stein aus Zanubis Stab.
Mit seiner Hilfe konnten wir die Zwerge befreien.
Ich hatte es tatsächlich geschafft!
Kori klopfte mir auf die Schulter.
„Tut mir leid, wegen vorhin, aber ich sah keine andere Möglichkeit, dich ins Schloss zu bringen. Bei Santara hätte es nicht geklappt. Sie kann meine Gedanken lesen und wir hatten keine Zeit..."
„Schon gut. Ich hab's kapiert. Und es hat ja auch geklappt."
Ich grinste zurück.
„Gut gemacht. Zeig mal den ..."
Doch weiter konnte ich Santara nicht mehr verstehen, ich fiel. Fiel vom Rücken des Drachen in die Tiefe. Ich hörte noch die Schreie der anderen. Hörte, wie sie Sanfor antrieben. Und dann hörte ich nichts mehr.

Gefangen

Als ich erwachte, lag ich in einem Raum. Ich lag auf einem großen Bett. Na ja groß! Für mich in meiner Zwergengröße. Außer dem Bett standen noch ein Holzschrank und ein Tisch im Zimmer. Leise stand ich auf und ging zur Tür. Doch ich konnte die Türklinke nicht erreichen. Möglicherweise war ich ja gar nicht eingesperrt! Ich ging zum Fenster. Rosafarbene Vorhänge hingen daran und im Großen und Ganzen machte das Zimmer einen netten Eindruck. Ich versuchte durch das Fenster zu sehen. Ging bei meiner Größe nicht. Also überlegte ich nicht lange. Ich griff unter meine Zunge und zog das Blatt heraus.
Sofort begann mein Körper zu kribbeln. Du weißt schon, wie damals. Aber dieses Mal hatte ich die Augen geöffnet! Echt cool. Es war als würden alle Dinge, die sich im Zimmer befanden, schrumpfen. Sogar das Zimmer selbst wurde immer kleiner! Dabei war es ja ich, der sich veränderte! Und dann war es auch schon vorbei. Ich besah mir meine Arme und Beine. Wirkte wie früher. Genau sagen konnte ich es zu diesem Zeitpunkt ja nicht. Aber es fühlte sich gut an und ich kann dich beruhigen, es war alles so wie es sein sollte.
Das Zimmer war eindeutig für einen Menschen eingerichtet.
Ich schob nun die Vorhänge vor dem Fenster beiseite. Doch zu meiner Enttäuschung war dahinter nur eine Steinmauer zu sehen. Keine Fluchtmöglichkeit auf diesem Weg also! Dann eben die Tür. Langsam und vorsichtig, um ja kein Geräusch zu verursachen, drückte ich die Türklinke herunter. Und zog. Nichts. Die Tür war abgeschlossen.
So blieb mir nichts anderes übrig, als zu warten. Ich setzte mich auf

das Bett. Das Blatt rutschte mir aus der Hosentasche, in die ich es gesteckt hatte und fiel zu Boden. Ich hob es auf. Sollte ich es wieder in den Mund stecken? Ich schüttelte den Kopf. Der Zauberer war groß. Das hatte ich gesehen. Und sollte ich es mit ihm zu tun bekommen, war mir meine Menschengröße lieber. An Flucht war im Moment ja sowieso nicht zu denken. Doch wohin mit dem Blatt? Aus der Hosentasche war es mir eben schon gerutscht. Ich durchwühlte meine Hosentaschen und stieß auf die Strümpfe, die ich ganz am Anfang, als mich Santara so plötzlich auf die große Wiese ‚transportiert' hatte, ausgezogen und eingesteckt hatte. Vorsichtig legte ich das Blatt in einen Strumpf und steckte ihn dann wieder ein.
Ich war eben fertig, als die Tür aufsprang.
Ich erschrak fürchterlich, denn ich hatte keinen Schlüssel oder so was gehört.
Und dann stand er vor mir. Zanubi der Zauberer. Groß. Bestimmt zwei Meter. Auf jeden Fall etwas größer als mein Vater. Und der ist auch nicht gerade klein.
Er sah mich an. Musterte mich mit seinen leuchtend blauen Augen. Ich überlegte kurz, ob ich vom Bett aufstehen sollte. Tat es aber dann doch nicht. Betont gelangweilt guckte ich zurück.
„Du bist größer als ich vorhin den Eindruck hatte. Und ich täusche mich selten." Seine Stimme klang zwar tief, aber nicht besonders beeindruckend.
„Das sagt meine Oma auch immer. Ich wachse eben schnell."
Nur nicht unterkriegen lassen! Und meine Angst würde ich diesem Typen nicht merken lassen!
Zanubi warf mir einen ärgerlichen Blick zu. Wahrscheinlich wagte keiner seiner Anhänger Widerspruch. Aber was soll man von Fliegen auch anderes erwarten!
Zanubi musterte mich interessiert.
Auch ich nutzte diese Zeit um mir den Zauberer näher zu betrachten. Vorhin im Schloss hatte ich nicht viel Zeit darauf verwendet. Schließlich wollte ich nichts wie raus. Zurück zu meinen Freunden.
Er war alt. Sein Gesicht hatte unzählige Falten. Er war, wie gesagt, groß. Und er hatte einen langen eisgrauen Bart.
Und er war eindeutig ein Mensch.

Zanubi hüllte sich in seinen tiefblauen Mantel, der bis zum Boden reichte.
„Woher kommst du? Und wie kommt ein Junge wie du in die Gesellschaft eines Drachen?"
Er hatte seine Augen direkt auf mich gerichtet. Er ließ mich nicht aus den Augen. Aber er konnte meine Gedanken nicht lesen. Sonst hätte er diese Fragen nicht gestellt. Oder wollte er mich auf die Probe stellen? Ob ich die Wahrheit sagen würde? Ich musste mir sicher sein.
‚Schwabbelspeck!', dachte ich, ‚Hundemisthaufen!'
Ich beobachtete ihn genau.
Keine Reaktion.
Deshalb wurde ich mutiger: ‚Blödes Riesenrindvieharschloch!'
„Ich habe dich etwas gefragt! Also antworte!"
Noch ein Versuch.
‚Doppelt gepresste Schweinescheiße!'
Nichts!
„Ich hab ihn im Wald gefunden. Er hatte sich verlaufen."
„Werd nicht frech, Bürschchen. Überlege genau, was du sagst. Ich bin Zanubi der Große. Ich habe schon andere besiegt als kleine Jungs! Wo hast du es? Wo hast du es versteckt. Gib es mir. Sonst wird es dir schlecht ergehen."
Drohend machte Zanubi einen Schritt auf mich zu.
„Es?" Was meinte der Kerl?
„Stell dich nicht dümmer als du bist! Wo ist es? Sprich!"
Was meinte der bloß? Es? Der Stein? Meinte er den Stein?
Ich griff in meine Taschen. Kein Stein. Wo war er? Hatte ich ihn verloren? Ich wollte ihn eben Santara zeigen und dann war ich gefallen. Was war aus dem Stein geworden? Hatten die anderen ihn gefunden oder lag er noch irgendwo? Zerschmettert vom Aufprall auf den Boden?
„Er ist zerbrochen. Ich habe den Stein fallen lassen und er ist in tausend Scherben zerbrochen."
Ich hatte erwartet, dass der Zauberer wütend werden würde. Rasend. Doch nichts dergleichen passierte. Zanubi brach in schallendes Gelächter aus.
„Zerbrochen. Scherben. Dummkopf. Hältst du mich für doof?"
Drohend kam er näher, stoppte aber dann plötzlich.

„Oder solltest du wirklich keine Ahnung haben?"
Er musterte mich.
„Dein erstauntes Gesicht verrät mir, dass du wirklich keine Ahnung hast!"
Er lachte wieder. „Nun gut. Du hast es nicht mehr. Meine Späher werden es finden. Und den Rest können wir später klären."
Mit diesen Worten verschwand er durch die Tür. Die Tür schloss sich und ich war allein. Ich spurtete zur Tür. Und obwohl ich auch dieses Mal keinen Schlüssel gehört hatte, war sie wieder fest verschlossen.
Was hatte Zanubi gemeint? Wieso sprach er von dem Stein als ‚es'. Was hatte ich nicht verstanden? War es kein Stein? Es hatte sich merkwürdig angefasst. Zugegeben. Aber was sonst konnte es sein? Jetzt sprach oder vielmehr dachte ich schon von ‚es'. Zumindest wusste ich nun, dass der große Zanubi nicht Gedankenlesen konnte.
Wenn ich doch nur aus diesem Zimmer herauskäme! Wenn sich doch nur diese verdammte Tür öffnen ließe! Wäre das toll. Ich würde einfach hinausmarschieren. Glücklich. Ich würde die Türklinke herunterdrücken und einfach durchgehen.
Ich drückte noch einmal den Türknauf. Und die Tür ließ sich öffnen.
Ich erstarrte. Wie war das möglich? Eine Falle?
Vorsichtig zog ich die Tür auf.
Ich stand auf einem langen Flur. Nichts zu sehen. Außer einer Reihe von Türen links und rechts. Dies war eindeutig nicht das Schloss von Bagol. Zanubi hatte anscheinend seinen Wohnort verlegt. Vermutlich hielt er das Schloss nicht mehr für sicher. Ich lauschte. Nichts zu hören. Rasch ging ich den Flur entlang. Und stand vor einer weiteren Tür. Führte diese nach draußen? Was, wenn ich auf Zanubi stieß? Sollte ich eine der anderen Türen versuchen? Ich zögerte. Was tun? Langsam drückte ich den Türgriff nach unten. Was, wenn sie verschlossen war? Mein Herz pochte so laut, dass ich befürchtete, es würde jemanden auf meine Fährte bringen.
Die Tür ließ sich öffnen. Und?
Und ich stand draußen. In einem dunklen Wald. Ich wusste nicht wie spät es war. Waren es die Bäume, die das Sonnenlicht nicht

durchließen? Oder wurde es bereits Nacht? Egal. Obwohl mir die Aussicht bei Dunkelheit durch diesen Wald zu laufen nicht gefiel, war ich doch erleichtert, denn Zanubi konnte mich bei diesen Lichtverhältnissen auch nicht leicht finden.
Ich lief los. Zickzack. Mal nach links. Dann wieder nach rechts. Ich lief und lief. Und kam wieder bei dem Haus, aus dem ich geflohen war, raus. Scheiße!
Es lag noch immer friedlich da. Hatte man mein Verschwinden noch gar nicht bemerkt? Aber ich wollte nicht auf eine Antwort warten. Wieder lief ich los. Und dieses Mal hielt ich mich immer links.
Es dauerte gar nicht lange und ich stand an einer kleinen Lichtung. Da hörte ich Stimmen. Schnell verbarg ich mich im Dickicht.
„Sucht es! Der hat gut reden. Alles, alles haben wir abgesucht! Aber nichts. Nicht einmal genau erklärt hat er uns, was wir überhaupt suchen sollen! Ihr werdet es wissen, wenn ihr es in Händen haltet! Blödsinn!"
Die Stimme klang verschnupft.
„Ohhhhhhhh, sei still, wenn er dich hört! Ohhh! Zanubi ist mächtig! Red nicht so. Ohhh!", klagte eine weitere Stimme.
Ich duckte mich noch weiter ins Dickicht. Die Stimmen waren nun ganz nah. Erkennen konnte ich aber nichts.
„Ohhh!", äffte der erste nach. „Feigling! Hast du nicht gemerkt, wie ängstlich Zanubi war? Der große Zauberer!"
Ich lugte durch das Gebüsch. Da vorn kamen sie. Noch etwas näher. Noch etwas. Gleich müsste ich doch was sehen können. Und tatsächlich. Ich sah ... Du wirst es mir nicht glauben. Ich zog mich etwas zurück. Mein Kopf ratterte. Entschuldige, du willst es bestimmt wissen. Ich sah also, ich sah ein Eichhörnchen. Ein schwarzes. Ein schwarzes Eichhörnchen mit nasaler Stimme.
Du erinnerst dich bestimmt noch? Es musste dieses Eichhörnchen gewesen sein, das Santara das Zwergenmesser gebracht und sie so gegen Kori aufgebracht hatte. Dieses Mistding hatte versucht, unsere Gemeinschaft zu zerstören, hatte Zweifel und Zwietracht gesät. Und nun hatte Zanubi es ausgesandt, um den Stein oder was auch immer zu suchen. Aber es hatte ihn nicht gefunden! Vielleicht war Santara schneller gewesen. Oder er lag noch ir-

gendwo? Aber wo? Ich hatte keine Ahnung wo ich war. Wo sollte ich zu suchen beginnen? Oder sollte ich versuchen mit Santara Kontakt aufzunehmen? Aber wie? Wie denn?
Den Begleiter des Eichhörnchens, den mit der klagenden, ängstlichen Stimme, konnte ich nicht erkennen. Aber er war mir, wenn überhaupt möglich, noch unsympathischer als das Eichhorn. Die Stimme war penetrant. Nervig. Anklagend und jammernd zugleich.
Ich spähte durch das Dickicht. Fliegen umschwirrten das Eichhorn. Waren das Späher?
„Ohhhhh! Der Mensch ist entkommen. Nun sollen wir den auch noch finden! Ohhhh! Das wird Zanubi gar nicht gefallen. Ohh!"
„Mir auch nicht. Also halt den Mund. Vielleicht ist er hier in der Nähe! Los! Spür ihn auf."
Ich sah mich um. Nach einer Waffe. Da ein faustgroßer Stein! Ich packte ihn. Wildentschlossen mich zu verteidigen. Ich packte ihn und sah darunter den Eingang zu einer Höhle.
Eine Zwergenhöhle, schoss es mir durch den Kopf! Ich legte den Stein neben die Höhle, sprang hinunter und schob den Stein wieder davor. Es war verdammt eng hier unten. Eng und finster. Gegen die Dunkelheit konnte ich nichts machen. Aber ich hatte ja noch das Blatt. Wenn ich mich verkleinerte, wäre der Gang bestimmt bequemer. Ich griff in meine Hosentasche. Nichts! Ich hatte meine Strümpfe verloren!
Dann musste es eben so gehen. Eine andere Wahl hatte ich nicht.
Es war dunkel und es roch nach Fichtennadeln. Langsam kroch ich vorwärts. Der Boden war uneben und felsig.
So ein Zufall! War ich tatsächlich auf einen der Höhleneingänge gestoßen! Ob die beiden da draußen ihn auch kannten? Dieser Gedanke nahm mir die Luft. Dann säße ich hier in der Falle! Ich musste schnell weg. Vielleicht würde ich ja auf einen anderen Eingang stoßen, weit von diesem Haus und dem Eichhorn nebst Begleiter entfernt. Hätte mir Santara doch nur fünf Minuten Zeit zum Einpacken gegeben. Bestimmt hätte ich meine Taschenlampe gefunden. Doch Jammern nützte mir jetzt auch nichts. Ich fasste an mein Knie. Es pochte. Ich hatte es mir bereits nach wenigen Metern aufgeschürft. Ich hielt inne und setzte mich hin. Versuchte es zumindest. Aua. Ich hatte mir den Kopf an der Decke ange-

schlagen. Der Gang war echt niedrig. Mist, dass ich das Blatt nicht mehr hatte, sonst hätte ich bequem durchspazieren können. Naja, soweit man eben bei totaler Finsternis spazieren kann.
Der Gang führte nach unten. Nach einiger Zeit wurde er noch niedriger und ich musste vorwärts robben. Die kleinen Steinchen, die überall herumlagen, stachen mir in die Haut. Selbst meine Klamotten konnten mich nicht schützen. Dann wurde der Gang plötzlich wieder höher. Ich konnte mich aufrichten und sogar laufen.
Das letzte Mal mit Kori hatte ich mich weit wohler gefühlt. Wir hatten seinen Leuchtstab gehabt. Ohne den wären wir vielleicht sogar in dieses verdammte Loch gef… . Das Loch! Ich erstarrte. Was, wenn diese Gänge alle irgendwie verbunden waren? Was, wenn ich in der Nähe des Loches war? Ich direkt darauf zusteuerte? Ich kniete mich und kroch langsam weiter.
Ich tastete mich vorwärts. Eine Zeit lang nur felsiger Untergrund. Meine Knie schmerzten. Dann ertasteten meine Hände den Beginn des großen Loches.
Also doch! Ich atmete auf. Gut gemacht, Tom. Jetzt wusste ich zumindest, wo ich war. Das letzte Mal hatten wir ein Seil, um uns darüber zu schwingen. Wie sollte ich das schaffen? Doch halt, das letzte Mal war ich kleiner, viel kleiner. Ich legte mich auf den Bauch und versuchte mit den Händen über das Loch hinweg den anderen Rand zu ertasten. Fehlanzeige. Zu groß. Aber irgendwie musste ich das schaffen. Hier würden mich meine Freunde nie finden, ganz davon abgesehen, dass ich ohne Essen und Trinken auch nicht lange überleben würde, jetzt wo ich das Blatt verloren hatte. Und dann noch die Dunkelheit. Warst du schon mal in einer Höhle, in einer stockfinsteren Höhle, völlig allein? Du siehst die Hände nicht vor deinen Augen. Das einzige was du hörst, ist dein Herz, wie es pocht. Und deinen Atem. Jedes Steinchen, das du beim Vorwärtstasten bewegst, klingt wie ein Steinschlag in deinen Ohren.
Also, mit den Händen konnte ich den anderen Rand des Loches nicht ertasten. Vielleicht mit den Füßen? Ich blieb auf dem Bauch liegen und rollte mich herum. Mit den Füßen tastete ich über das Loch hinweg. Ich keuchte vor Aufregung.

Was sollte aus mir werden, wenn ich das nicht schaffen würde? Mir wurde schwindlig vor Angst. Doch dann fiel mir Santara ein. „Alles was du brauchst ist Vertrauen". Oh ja. Vertrauen. Ich atmete durch und rutschte etwas weiter rückwärts auf den Spalt zu. Und dann spürte ich ihn. Den anderen Rand. Das Loch war ungefähr so lang wie meine Beine. Ich rutschte wieder zurück und setzte mich auf. Mit Anlauf kein Problem. Aber hier! Bei dieser Dunkelheit!
„Alles was du brauchst, was du wirklich brauchst, wird dir zur rechten Zeit gegeben."
Wieder so ein schlauer Spruch von Santara, der mir nun ins Gedächtnis kam.
Der Haken! Koris Haken. Er musste genau in der Mitte über dem Loch sein. Ich tastete mit den Fingern nach dem Rand und rutschte soweit wie möglich vorwärts. Dann stellte ich mich und streckte meine rechte Hand nach oben, tastete die Höhlendecke ab. Wo war nur dieser verflixte Haken? Da! Dann war es von ihm zur anderen Seite auch nicht weiter. Das könnte gehen. Aber würde er mein Gewicht aushalten? Ein Zwerg, das mochte gehen. Aber ein 10jähriger Junge? Wenn nicht, würde ich fallen. Tief fallen. Ich zog meine Hand zurück. Hatte ich eine Wahl? Hier konnte ich nicht bleiben. Also gut. Ich atmete tief ein. Urvertrauen. Wieder so eine Santara-Weisheit. Aber Vertrauen konnte hier nun wirklich nicht schaden. Ich schloss die Augen und atmete ein paar Mal tief ein. In den Bauchraum. Ein und Bauch fühlen. Aus... Mehrmals... Ich merkte wie ich ruhiger wurde. Friede stellte sich ein. Ein und Bauch fühlen. Ausatmen. Ich öffnete meine Augen (was bei der Dunkelheit auch keinen Unterschied machte) und rutschte zum Rande des Loches. Ich ertastete den Haken dieses Mal mit beiden Händen und packte fest zu. Er schien stabil verankert zu sein. Und dann bewegte ich meine Beine. Über das Loch hinweg zum anderen Rand. Noch war ich nicht in Sicherheit. Meine Beine waren auf der anderen Seite, aber konnte ich es wagen den Haken loszulassen? Was, wenn ich dennoch abrutschte? Und doch. Ich konnte mich nicht länger halten. Also ließ ich los und ließ meinen Oberkörper in Richtung Beine schnellen. Beng. Das würde eine gewaltige Beule geben. Aber geschafft. Der dunkle Krieger hatte es geschafft!

Ich hatte keine Lust, mich in dieser Dunkelheit auszuruhen, also ging ich weiter. Ich sehnte mich nach Licht. Nach einiger Zeit machte der Gang einen Knick. Da! Waren das Stimmen? Santara? Kiriane. Oder hatte ich mich getäuscht? War das Wunschdenken? Ich ging weiter. Leise mit gespitzten Ohren. Da wieder! Oder doch nicht? Der Gang führte mich um eine Ecke und ich sah Licht. Meine Augen schmerzten und ich musste sie zusammenkneifen. Endlich Licht. Blinzelnd öffnete ich meine Augen. Was mir im ersten Moment wie der hellste Sonnenschein vorgekommen war, war nur ein schwacher Schimmer, wie ich jetzt sah. Es musste aus dem großen Saal kommen. Dann war ich auf dem richtigen Weg!
„Er muss hier sein. Ich habe ihn gespürt. Vorhin. Und dann war er weg."
Die Stimme schien von weither zu kommen.
Die Stimme quengelte.
„Er ist ein Mensch. Die können sich nicht in Nichts auflösen."
Diese Stimme klang nasal und hohl.
Das Eichhörnchen und sein Begleiter!
Ich drückte mich an die Wand und schob mich langsam und leise rückwärts. Ins Dunkel. Leise. Jetzt nur keine losen Steinchen erwischen.
Wie hatten die mich so schnell erwischt? Mir wurde vor Angst ganz schlecht. Ich fühlte mich schwer.
„Da! Ich spür ihn wieder!"
Die quengelige Stimme triefte vor Aufregung.
Wie? Angst! Meine Angst versetzte mich in eine niedrige Schwingung und die konnten sie wahrnehmen. Was sollte ich tun? Meine Gedanken rasten. Wie hatten sie mich gefunden? Oder, noch viel interessanter, wieder verloren? War es möglich? War es möglich, dass sie mich, als ich die Übung mit dem Urvertrauen machte, verloren haben? Einen Versuch war es wert. Also lehnte ich mich an die Höhlenwand, schloss die Augen und versuchte mich zu konzentrieren. Aber es klappte nicht. Keine Spur von Vertrauen. In meinem Bauch saß die blanke Angst. Ich versuchte sie wegzuschieben. Nichts. Meine Angst wuchs, wurde zu Panik. Ich war kurz davor aufzuspringen und schreiend wegzulaufen. Weg von mir, dieser Höhle, der ganzen Geschichte. Und dann fiel mir mein Pikachu ein. Mein Kuscheltier, das wahrscheinlich zu Hause in

meinem Zimmer saß. Und mir ging es besser. Ich dachte daran, wie gern ich immer mit meinem Freund Pokemon gespielt hatte.
„Er verschwindet wieder!"
„Das ist unmöglich!"
Ich stellte mir vor, wie wir zu Hause in unserem Garten spielten. Ich hörte die Vögel zwitschern, fühlte die Sonnenstrahlen auf meiner Haut, roch den Duft des Flieders. Und merkte, dass die Angst weg war. Ich atmete ein und spürte meinen Bauch. Urvertrauen.
„Ich hab ihn verloren."
„Du Dummkopf! Wir waren so nah dran. Komm! Zumindest können wir Zanubi erzählen, dass wir den Stein der Steine gefunden haben. Dieses Mal kommt er um eine Belohnung nicht herum."
Die Schritte, die eben noch so nah geklungen hatten, entfernten sich.
Ich wartete noch eine Zeit lang und schlich dann vorwärts. Immer dem Lichtschein entgegen. Es tat gut zu sehen. Immer noch vorsichtig, bedacht keinen Laut zu machen, ging ich weiter. Bei jeder Biegung hielt ich kurz inne und spähte um die Ecke. Doch nichts. Die beiden waren verschwunden. Und dann stand ich nach einer weiteren Biegung im großen Saal.
Auch dieses Mal war ich von der Schönheit des Raumes fasziniert. Man spürte, mit wie viel Liebe die Zwerge diesen großen Raum aus dem Fels gemeißelt hatten, mit wie viel Hingabe sie die Wände verziert hatten. Und auch der Bergkristall in der Mitte des Raumes zog mich wieder magisch an.
„Er ist mit der Weisheit der Zwerge gespeist", hatte mir Santara erklärt.
Ich ging um ihn herum.
Vorhin war er mir riesig erschienen. Doch nun, war er nur so groß wie eine Jungenfaust. Er war durchscheinend. Und doch brach sich das Licht an einigen Stellen, so dass es aussah, als wären Engelsflügel eingeschlossen. Ohne weiter darüber nachzudenken, was ich tat, packte ich den Stein und steckte ihn in meine Hosentasche.

Und dann folgte ich dem Gang, den ich vor kurzem noch mit Kori und den anderen gegangen war. Kori. Wie mochte es ihm gehen?

Wie sollte ich ihn finden? Konnte ich das überhaupt? Und dann? Ich rieb meinen Kopf. Autsch. Die Beule tat verdammt weh. Könnt ihr euch vorstellen, dass ich in dieser Situation, allein, von meinen Freunden getrennt, weit weg von zu Hause, Sehnsucht nach ganz alltäglichen Sachen hatte? Wie gern würde ich jetzt in der Schule sitzen und Mathe lernen. Mathe, wie ich das immer gehasst hatte und nun? Nun sehnte ich mich danach. Was war schon so eine bescheuerte Mathestunde gegen das hier? Merkwürdig, aber anscheinend merkt man erst wie klein ein Problem, das einem riesengroß erscheint, ist, wenn man vor einem noch größeren steht.
Mein Magen knurrte. Ich verspürte einen Bärenhunger. War ja auch schon ewig her, dass ich etwas gegessen hatte. Pilze, ich schlürfte durch den dunklen Gang, der durch den Stein in meiner Hosentasche in blaues Licht getaucht war (wegen meinen Jeans). Nein, am liebsten wäre mir ein Wiener Schnitzel mit einer großen Portion Pommes und viel Ketchup. Und Majo. Und Salat wäre auch nicht schlecht! Und als Nachtisch Schokopudding. Einen ganzen Eimer voll. Ich musste kichern. Langsam wurde ich müde. Wie lang dauerte das denn noch? Am liebsten hätte ich mich auf den Boden gesetzt und erst mal Pause gemacht, aber ehrlich gesagt, hatte ich total Schiss, dass mich jemand hier erwischen könnte. Selbst ein Freund wäre bestimmt nicht begeistert, mich zu finden. Schließlich hatte ich den Bergkristall geklaut.
Ich hatte die Hoffnung schon fast aufgegeben, als der Gang abrupt endete. Ich sah nach oben und da war auch die Steinplatte. In meiner normalen Größe war es kein Problem, die Platte soweit zu verschieben, dass ich durchschlüpfen konnte. Doch was ich sah, erstaunte, nein, erschreckte mich. Es war stockfinster. Ich stöhnte. Nicht schon wieder! Ich kletterte heraus und verschloss den Höhleneingang sorgfältig. Dann sah ich mich um. Das Gras um mich herum schimmerte im bläulichen Licht des Bergkristalls. So musste ich von weitem zu sehen sein. Ich rupfte Gras aus und stopfte es um den Bergkristall herum in meine Hosentasche. Nichts zu machen, er strahlte weiterhin, zwar etwas dunkler, aber dennoch gut zu sehen, durch meine Hosentasche. Was tun? Ich kroch etwas von der Höhle weg, schließlich konnte ich nicht sicher sein, dass niemand sonst in dieser Nacht den Höhlen-

eingang benutzte. Dann riss ich ein paar Grasbüschel aus und grub ein Loch in die Erde. Dort legte ich den Bergkristall hinein und streute die restliche Erde darüber. Gras darauf. Fertig! Finsternis umschloss mich. Ich zitterte. Einerseits war ich froh, dass mich niemand mehr sehen konnte, aber andererseits, sah ich nun auch nichts mehr. Nicht einmal Sterne waren zu sehen. Der Himmel musste wohl von Wolken bedeckt sein. Hoffentlich fing es nicht auch noch zu regnen an. Ich machte es mir im Gras bequem. Der Wind blies sanft. Das Gras raschelte gleichmäßig und ehe ich mich versah, war ich eingeschlafen.

Ich erwachte ziemlich unsanft. Etwas piekste mich gewaltig in die Seite.

Ich versuchte aufzuspringen, konnte aber meine Beine überhaupt nicht bewegen.

„Ah. Der dunkle Krieger, wenn ich mich nicht täusche. Etwas gewachsen, seit wir uns das letzte Mal sahen, wenn ich nicht irre. Und das tue ich nie!"

Der Käferoberst! Ich musste Stunden geschlafen haben. Es war taghell.

„Na, Bürschchen, nicht ganz so vorlaut wie das letzte Mal!" Er lachte. „Nun, das liegt wohl an meinen Männern! Halte still, sonst machen sie kurzen Prozess!"

Also, nach Lachen war mir dieses Mal nicht zu Mute. Meine Beine wimmelten vor Insekten. Sie waren auf und neben ihnen. Einfach überall. Ich konnte die Beine überhaupt nicht mehr bewegen!

Verzweifelt wischte ich einige der Insekten mit den Händen beiseite. Aber es waren so viele Schichten, dass ich nichts erreichte. Auch auf meinem Kopf krochen einige herum, aber die konnte ich zum Glück entfernen.

Ich fühlte mich absolut beschissen, das kannst du mir glauben. Und das Grinsen dieses eingebildeten und selbstgefälligen Oberst machte es auch nicht angenehmer. Ich sah mich um. Keine Hilfe in Sicht.

Der Oberst schien sich zu freuen. „Gleich werden sie dich holen. Zanubi wird mich sicher reich belohnen. Sein Mitarbeiter Sven Eichhorn hat es mir ja schon zugesagt. Ich ..."

Weiter hörte ich nicht zu. Zanubi. Er würde mich holen. Es musste doch eine Möglichkeit zur Flucht geben! Irgendeine. Ich sah mich um. Da bemerkte ich etwas. Die Insekten wabberten nur um meine Beine. An meinem Pulli hingen nur sehr wenige. Mensch! Sie hingen! Spinnweben! Der Pulli war aus Spinnweben. Da blieben sie kleben. Wie das eben bei Spinnweben und Insekten so ist. Und deshalb wagten sie sich nicht drauf.
Wie konnte mir das weiterhelfen? Sie konnten mir am Oberkörper nichts anhaben und es musste doch zu schaffen sein, die Beine frei zu bekommen! Ich fasste neuen Mut. Mit meinen Händen fegte ich die Insekten von meinen Beinen. So schnell und kräftig ich konnte. Ich hörte, wie der Oberst irgendwelche Befehle brüllte, aber das war mir egal. Ich wollte hier weg. Ich wischte und schlug diese Viecher weg. Und irgendwie schaffte ich es. Ich sprang auf und schüttelte die restlichen noch ab. Geschafft! Und nun nichts wie weg! Ich hörte hinter mir den Tumult. Weg! Ich rannte. Über die Wiese vor mir. Rannte. Keuchte. Weg!
Da! Über mir etwas wie Flügelschlag. Ich drehte mich um, bereit zu kämpfen. So leicht würde ich mich nicht geschlagen geben. Ich packte einen Stecken, der im Gras lag und schlug nach oben.
„Nein!! Wir sind‘s! Los steig auf!"
Santara! Und Sanfor.
Ich packte Santaras Hand und schwang mich auf den Rücken des Drachen. Und ab ging es. Weg vom Oberst und seinem grässlichen Heer.
Ich tätschelte Sanfor.
„Danke, danke lieber Drache! Und auch dir Santara, danke!"
Ich kann dir gar nicht sagen, wie froh ich war. Ich hatte es geschafft. Ich war entkommen. Zuerst aus diesem Haus, dann hatte ich es geschafft, die Höhle zu überleben und dann noch den Angriff der Insekten.
Yeah!! Ich schrie mir die Erleichterung heraus. Santara grinste mir zu.
Sanfor flog einen weiten Bogen und schon nach kurzer Zeit konnte ich Hügel am Horizont erkennen.
Santara deutete nach vorne.
„Dort warten die anderen auf uns", rief sie mir zu.
Ich nickte. Die anderen. Ich freute mich auf sie. Vor allem auf

Kori.
Sanfor flog einige Schleifen und landete dann in einem schmalen Tal. Ein Bach plätscherte vergnügt. Und es roch köstlich. Kori, Ekata-in und Kiriane waren um ein Lagerfeuer versammelt.
Ich sprang von Sanfors Rücken und lief auf sie zu. Kori lief mir entgegen, blieb dann aber abrupt nach etwa der Hälfte des Weges stehen.
Langsam ging ich auf ihn zu.
„Ich hatte fast schon vergessen, dass du ein Mensch bist!", sagte er.
Es war etwas merkwürdig. Vor kurzem waren wir noch gleich groß gewesen und nun war ich erheblich größer. Kori ging mir nur etwa bis zum Knie.
Ich setze mich vor ihn auf den Boden und reichte ihm die Hand.
„Kori, du bist der beste Freund, den ich je hatte. Ich kann auch nichts dafür, dass ich als Mensch und du als Zwerg geboren wurdest. Aber wir bleiben doch Freunde, oder?"
Kori strahlte mich an.
„Klar doch!"
Er wischte sich verstohlen mit dem Ärmel eine Träne aus den Augen.
„Komm, wir haben was zu essen vorbereitet, aber ich bezweifle, dass dir das reicht, so groß wie du nun bist und ohne dieses Ding unter deiner Zunge."
Wir gingen zum Lagerfeuer und ich konnte nun auch die anderen begrüßen. Auch Ekata-in hatte zunächst etwas Schwierigkeiten mit meiner normalen Größe. Sie versteckte sich hinter einem Busch und nur geduldiges Zureden von Kiriane und Kori konnte sie davon überzeugen, dass ich ich war und nicht ein Monster.

Es war herrlich mit den anderen wieder zusammen zu sein. Ich war richtig glücklich.
Entgegen der Befürchtung von Kori reichte das Essen um uns alle satt zu machen. Und du kannst mir glauben, ich habe Riesenmengen vertilgt. Es gab Pilze, Kräuter und irgendwelche Wurzeln, die Kori und Ekata-in ausgegraben hatten. Lecker, auch wenn du dir das jetzt vielleicht nicht vorstellen kannst. Aber glaubst du, ich würde dich anschwindeln?

Nach dem Essen kuschelten wir uns an Sanfor und jeder erzählte, wie es ihm in der Zwischenzeit ergangen war. Ich begann und die anderen lauschten aufmerksam. Als ich von Zanubi erzählte, von diesem ‚es', stöhnte Ekata-in mehrmals auf.
Auch Sanfor war unruhig geworden.
„Und? Habt ihr dieses Ding gefunden?", schloss ich meinen Bericht.
Santara zögerte. Dann nickte sie.
„Ja, wir haben es. Und es ist tatsächlich kein Stein."
„Was denn dann? Wisst ihr was es ist?"
Zu meiner Überraschung antwortete mir Sanfor.
„Mein tapferer Freund. Das, was du und auch wir bisher als Stein bezeichnet haben, ist etwas völlig anderes. Es ist ein Herz."
„Was?"
Ich war völlig entgeistert. Ein Herz, das konnte doch nicht sein. Und doch wusste ich, dass Sanfor Recht hatte. Es war ein Herz. Das erklärte auch das Pulsieren. Das erklärte, warum es nicht hart, sondern warm und weich war.
„Aber, aber ohne Körper kann doch so ein Herz nicht überleben? Oder? Und es ... es lebte ... ich habe es gespürt!"
Wieder antwortete Sanfor mit seiner tiefen und doch so weichen Stimme: „Es lebt. Denn es handelt sich nicht um das Herz eines gewöhnlichen Wesens. Es ist das Herz eines Drachen."
Ein Drachenherz. Mich fröstelte. Ich hatte das Herz eines Drachen in der Hand gehalten. Kannst du dir das vorstellen?
„Aber wie ist Zanubi dazu gekommen? Wo hat er es her? Und wieso ist es so klein? Und überhaupt, wo ist es jetzt?" Ich sah meine Begleiter an.
Sanfor lachte sein tiefes Lachen. „Mein Freund, so viele Fragen auf einmal. Woher Zanubi es hat, wissen wir nicht. Diese Frage kann nur er beantworten. Aber das ist auch nicht wirklich wichtig. Wichtig ist, dass wir es Dank deines Mutes und deiner Entschlossenheit haben. Es ist ein trauriges Herz. Welchem Drachenwesen es einst diente, wissen wir auch nicht. Aber auch das ist nicht von so großer Bedeutung. Zanubi hat die Schwingung des Herzens missbraucht. Mit seiner Hilfe ist er in das Schloss von Bagol eingedrungen, mit seiner Hilfe hat er es wahrscheinlich erst gefunden, denn wie Santara ja bereits sagte, war es Jahrhunderte verschwunden. Wir nehmen an, dass er dem Herzen zumindest einen Teil

seiner Zauberkraft verdankt. Doch Genaues wissen wir nicht. Wir wissen ja nicht einmal was für ein Wesen Zanubi ist."

„Da kann ich euch helfen. Er ist ein Mensch. Zanubi ist ein Mensch wie ich."

„Was?" Santara war aufgesprungen. „Ein Mensch? Wir dachten was weiß ich alles. Ein Mensch!!"

Santara lachte.

„Ist das gut für uns?", fragte ich.

„Keine Ahnung! Aber darauf wären wir nie gekommen. Wir hatten vermutet, er käme aus eine anderen Dimension, von fremden Planeten und nun das!"

„Wie kommt ein Mensch zu einem Drachenherzen?" Diese Frage ließ mich nicht los.

Santara zuckte mit den Schultern.

„Zanubi muss ein großes Wissen haben, sonst hätte er nicht erreichen können, was er erreicht hat. Er hat es geschafft aus der Menschenwelt hierher zu kommen. Er hat die Grenzen alleine überschritten. Das kommt selten vor, ist aber nicht unmöglich. Immer mehr Menschen nehmen unsere Welt wieder wahr."

Kiriane holte Luft und fuhr dann fort: „Aber er muss ein altes Wissen besitzen oder sich angeeignet haben. Vielleicht hat er irgendwelche alte Bücher gelesen. Tom, hast du im Schloss Bücher gesehen?"

Ich schüttelte den Kopf. Nein, hatte ich nicht.

„Ich hab allerdings auch nicht darauf geachtet. Sicher bin ich mir deshalb nicht. Heißt das, er kann überhaupt nicht zaubern? Er hat nur Bücher mit Sprüchen und so und natürlich das Drachenherz?"

„Zaubern? Was verstehst du darunter?"

„Na, so magisches Zeug, Anweisungen, Sprüche und so!"

„Glaubst du wirklich, dass Sprüche etwas bewirken können?", fragte Sanfor.

Ich war unsicher. Keine Ahnung!

„Es braucht mehr als Sprüche. Dahinter muss etwas anderes stehen und das ist wichtig." Santara sah mich ernst an.

Ich wusste, worauf sie hinaus wollte.

„Du sprichst von Vertrauen. Dem Glauben an sich selbst."

„Heh! Super. Du hast einiges gelernt."

Kiriane! Hatte sie mich eben gelobt?

„Ja, habe ich. Das hast du verdient."
Achtung! Diesen Tag unbedingt rot im Kalender ankreuzen!!!!
„Blödmann!", murmelte die Elfe.
Ich grinste.
„Tom, genau. Jeder Spruch nutzt nichts ohne den Glauben daran. Die Worte sind nicht so wichtig. Du hast uns vorhin erzählt, dass die Tür in jenem Haus plötzlich nicht mehr abgesperrt war. Was glaubst du war der Grund?"
„Keine Ahnung. Zufall."
„Zufälle, mein lieber Tom, gibt es nicht", Santara lächelte mich liebevoll an.
„Gibt es nicht? Aber mir passieren ständig irgendwelche Zufälle. Ich denke an einen Freund und fünf Minuten später ruft er an. Ich denke an unseren Nachbarhund und schon kommt er angesaust."
„Tom, glaubst du wirklich das sind Zufälle? Nein, das Leben ist wundervoll. Es ist ein fein gesponnener Plan. Sieh dir deinen Pulli aus Spinnweben an. Sieh wie wundervoll er gearbeitet ist. Ein Faden hängt am nächsten, kreuzt sich, entfernt sich und kommt dann wieder zusammen. Genauso ist das Leben. Ein Plan. Ein Plan, den wir alle, alle Wesen zusammen gewebt haben und fortwährend neu weben. Denn nichts ist vorherbestimmt. Du allein bestimmst, was dir passiert. Du. Mit deinen Gedanken. Du hast dir vorgestellt, dass die Tür sich öffnet, und du hast diesen Gedanken Realität werden lassen. Er wurde Wirklichkeit."
„Aber, dann müsste ich doch in allem Erfolg haben, der beste Schüler sein, der beste Fußballer, alle müssten mich mögen und dieser doofe Kai, der würde mich nicht ständig ärgern!"
Santara lachte. „Hast du dir das alles vorgestellt? In Gedanken und auch im Herzen gefühlt, so als ob es bereits wahr wäre?"
Ich schüttelte den Kopf.
„Na siehst du. Manchmal klappt es aber auch wirklich nicht. Denn wir müssen auch lernen. Nicht dieses Mathem… du weißt schon, sondern was wir sind. Uns erinnern. Und dazu sind Lernaufgaben da. Nicht irgendwelches Papier, auf das wir etwas schreiben sollen, sondern Menschen, Situationen. Meist ist es so, dass die Menschen, die am gemeinsten zu uns sind, uns am meisten lehren wollen. Dann kann ich dir nur raten: Schau genau hin. Und überlege, was diese Situation mit dir macht. Was du fühlst. Meist hat

es irgendwas mit dir zu tun. Irgendetwas, das du selbst von dir hältst. Und wenn du das dann bei dir änderst, ändert sich alles andere auch. Du hast deine Lernaufgabe ja dann erfüllt und brauchst diese Situation nicht mehr. Wenn du dich aber nur über den anderen ärgerst, wie doof der ist, wirst du immer wieder und wieder in so eine oder eine ähnliche Situation kommen, bis du kapiert hast, um was es eigentlich geht. Verstehst du das?"
Nicht so ganz. Aber eigentlich wäre das Gefühl schön, zu wissen, dass man alles selbst fabriziert. Denn dann hatte man ja auch die Möglichkeit, es selbst zu ändern und nicht zu warten, bis ein anderer was tut.
„Nicht schlecht! Ich wiederhole mich nicht gern, aber du hast wirklich viel gelernt."
Zwei Kreuzchen!!!
„Dann hab ich die Tür geöffnet, allein dadurch, dass ich mir vorgestellt habe, sie würde sich öffnen lassen?"
Kiriane und Santara nickten eifrig.
Cool.
„Und Sanfor hierher auf die Erde geholt, weil ich mir vorgestellt habe, wie Fliegen sich auf... na ihr wisst schon."
Santara lachte schallend. „Jetzt kapiere ich das! Ziemlich originell!"
„Aber das Herz, wo ist es denn nun?", fragte ich.
Santara griff vorsichtig in ihren Beutel.
„Hier. Du hast es gefunden oder geholt. Wir sind uns einig, dass du es aufbewahren solltest, bis wir wissen, was wir damit machen sollen."
Santara gab mir das Drachenherz.
Bisher hatte ich keine Zeit gehabt, es genauer zu betrachten. Ich hatte mich ja beeilen müssen, um nicht von Zanubi entdeckt zu werden.
Bei genauerem Hinsehen und vor allem bei Tageslicht konnte man erkennen, dass dies kein Stein war. Es sah zwar auch etwas anders aus als ich mir ein Herz vorgestellt hatte, aber ein Stein war es nicht. Es war ziemlich dunkel, fast schwarz.
Ich spürte das Pulsieren mehr als ich es sehen konnte. Feine Adern zogen sich durch es hindurch. Jedenfalls vermutete ich, dass es Adern waren, denn Fäden würden ja keinen Sinn ergeben!

„Was soll ich damit machen?"
Fasziniert und ratlos zugleich betrachtete ich das Drachenherz in meiner Hand.
„Bewahre es an einem sicheren Ort auf. Du bist von nun an sein Hüter!", sagte Sanfor lächelnd.
Was sollte ich tun? Hm. Sicherer Ort? Sicherer Ort?
Kurz entschlossen, weniger weil ich mir etwas dabei gedacht hätte, als vielmehr weil ich nicht wusste, was ich tun sollte, steckte ich das Herz in meine linke Hosentasche.
Santara und Kiriane starrten mich entsetzt an. Doch da Sanfor schallend lachte, zuckte ich nur mit den Schultern.

Verwandlung

Nachdem das alles getan und gesagt war, wollten wir uns auf den Weg machen, Ekata-ins Volk zu befreien. Doch als wir über die Stelle flogen, an der mich die Insekten angegriffen hatten, bat ich Sanfor kurz zu landen.
„Ich hab was verloren. Etwas Persönliches."
Es war mir zuwider, die anderen anzulügen, aber ich traute mich nicht, ihnen die Wahrheit über die Höhle und du weißt schon was zu erzählen. Ich schob auch jeden Gedanken daran weit weg, damit ich mich nicht verraten konnte.
Ohne zu zögern landete Sanfor. Und da Kori und Santara im Landeanflug einige Beeren und Pilze entdeckt hatten, konnte ich heimlich den, du weißt schon noch, aus seinem Versteck holen.
Du weiß doch hoffentlich was ich meine?
Ich grub ihn aus, aber wohin nun damit? Kurzerhand steckte ich ihn in meine Hosentasche. In die linke.
Was dann passierte ist so unglaublich, so sagenhaft, dass ich es dir hier nicht beschreiben kann.
War nur ein Scherz!
Ich versuche es natürlich. Aber manchmal ist es sehr schwierig etwas zu beschreiben. Unbeschreiblich halt.
Also, wie gesagt, steckte ich den Kristall der Zwerge, von dem ich nun weiß, dass es sich um einen besonders reinen Kristall handelte, in die linke Hosentasche. In die linke. Sagt dir das was? Genau! In die Tasche, in die ich vorhin zum Entsetzen von Kiriane und Santara das Drachenherz geschoben hatte.
Und nun? Nun fing die gesamte Hosentasche an zu pulsieren. Nicht ein bisschen, sondern so gewaltig, dass es mich kopfüber in

das Gras katapultierte.
Zuerst kapierte ich überhaupt nicht, was los war. Ich versuchte aufzustehen. Gelang mir natürlich nicht. Mein linkes Bein wurde ganz heiß. Und diese Hitze, die von meiner Hosentasche ausging, breitete sich in Wellen in meinem ganzen Körper aus.
Ich lag also auf dem Boden und kam nicht mehr hoch. Ich spürte, dass etwas Gewaltiges geschah. Aber was?
Ich sah mich nach den anderen um. Aber außer Sanfor war niemand zu sehen. Sanfor beobachtete mich genau und auf seinem Gesicht lag ein gütiges Lächeln. Lächeln Drachen eigentlich immer? Schoss es mir durch den Kopf.
„Nicht immer!", kam es prompt zurück. „Lass es geschehen. Es ist wie es ist. Entspann dich."
Entspannen! Wenn man das Gefühl hat, der linke Oberschenkel fackelt ab! Klasse Tipp!
Aber da ich es sowieso nicht ändern konnte, natürlich hatte ich versucht den Stein wieder herauszuholen, aber fass du mal glühende Kohle oder so was an, ließ ich geschehen, was geschehen musste.
Nach wenigen Augenblicken war es vorbei.
Die Hitze ebbte ab.
Ich konnte mich aufsetzen.
Verlegen stand ich auf. Ich traute mich nicht Sanfor anzublicken.
Zum Glück war von den anderen noch niemand zu sehen. Ich stand also da, starrte die Grasbüschel vor meinen Füßen an und überlegte, was ich sagen sollte. Schließlich musste ich dem Drachen das alles erklären! Hätte ich die zwei Dinge – du weißt schon was – doch nur in verschiedene Hosentaschen gesteckt!
Allein der Gedanke, in die Hosentasche zu greifen und zu fühlen oder zu sehen, was sich da so getan hatte, versetzte mich in Panik.
Aber irgendetwas musste ich tun und wahrscheinlich war es viel angenehmer, es zunächst mal Sanfor zu erklären. Ohne die anderen.
Ich schluckte und sah Sanfor an. Und obwohl er doch inzwischen wissen musste, was ich getan hatte, war sein Blick gütig.
„Sieh nach. Hol es aus deiner Hosentasche, mein Freund."
Ich nickte, holte Luft und griff in meine Tasche, um das Herz und den Kristall herauszuholen. Ich griff hinein und tastete und tastete. Der Kristall war weg!

War er herausgefallen und ich hatte es nicht bemerkt? Quatsch! Panisch packte ich das Herz und zog es heraus. Wenigstens es war noch da.
Doch was war das? Es hatte sich verändert! Das dunkle Herz von vorhin, strahlte nun in hellem Rot. Es war auch viel größer und leichter.
Erstaunt sah ich es an. War das jetzt gut oder schlecht?
„Gut, mein Freund! Sogar sehr gut!"
Aha. Aber wie sollte ich das alles Santara und vor allem Kori erklären? Er war mein Freund und ich, ich hatte...
„Was ist los, Tom? Du stehst da wie vom Donner gerührt."
Kori war zurückgekehrt und dicht hinter ihm kamen Santara, Ekata-in und Kiriane.
„Das Herz, es hat sich verändert! Seht nur! Sanfor, wie ist das möglich? Es hat seine Schwingung verändert. Es ist ... Ich kann es nicht glauben, Sanfor, sag, wie ist das möglich?"
Santara war ganz außer sich.
„Frag unseren Freund. Er hat dieses Wunder zustande gebracht."
„Du? Tom, wie sollen wir dir jemals danken? Immer wieder bist du derjenige, der uns weiterbringt. Dieses Herz ist nun ein Lichtbringer. Es hat sich verwandelt. Wie ist das nur...?"
„Santara! Ich hab, also ich weiß nicht, wie ich es euch sagen soll. Wahrscheinlich werdet ihr gleich schrecklich sauer sein und du Kori, es tut mir Leid. Ich weiß nicht, was in mich gefahren ist."
Die anderen sahen mich verblüfft an.
Bevor mich der Mut verließ, fuhr ich schnell fort.
„Als ich durch den Gang in die große Halle kam, da sah ich wieder diesen schönen Kristall, ihr wisst schon."
Die anderen nickten. Sie schienen überhaupt nicht zu ahnen, was ich ihnen gleich sagen würde. Dass ich ein Dieb war!
„Ich weiß nicht warum, aber .... aber als ich so vor ihm stand, konnte ich nicht anders. Ich nahm ihn mit."
So! Nun war es raus!
Sprachlos starrte mich Santara an. Zu Kori traute ich mich keinen Blick zu werfen.
„Lasst ihn zu Ende sprechen!"
Sanfor kam mir zu Hilfe, bevor noch einer der anderen zu einer Regung fähig war.

Schnell sprach ich weiter. Ich erzählte all das, was ich vorhin ausgelassen hatte, nämlich, dass ich ihn vergraben hatte und nun hatte landen wollen, um ihn zurückzuholen. Dass ich ihn ausgegraben und aus Versehen in die Hosentasche gesteckt hatte, in der bereits das Drachenherz lag. Dass er nun verschwunden war und ich keine Ahnung hatte, wo er war.
Als ich geendet hatte, starrte ich noch eine Zeit lang auf meine Zehen. Es war so ruhig, dass man eine Stecknadel hätte fallen hören.
Dann hielt ich es nicht mehr aus. Ich blickte hoch und sah Santara grinsen.
Überrascht starrte ich sie an.
„Bist du nicht sauer?"
„Tom, du hast etwas geschafft, was keiner geschafft hätte. Du hast dieses Herz zu neuem Leben erweckt. Und das war nur durch die Verschmelzung mit dem reinen Kristall der Zwerge möglich. Er ist nicht verschwunden. Aus dem Kristall und einem traurigen Herzen ist etwas Neues entstanden. Etwas Wunderbares, hell und kraftvoll. Keiner von uns wäre überhaupt auf diese Idee gekommen. Du hast einen Fehler gemacht. Du hast den Kristall, sagen wir mal, entwendet. Aber ich glaube nicht, dass du das aus böser Absicht getan hast. Du hast auf dein Herz gehört. Und es nicht in Frage gestellt. Dafür braucht man viel Mut. Mehr Mut als viele haben. Du hast es getan, obwohl du Schwierigkeiten erwarten konntest. Dass du es uns nicht sagen wolltest, kann ich nachvollziehen. Und wenn man das Ergebnis betrachtet, konnte uns wohl nichts Besseres passieren. Was meinst du, Kori?"
Ich wagte es noch immer nicht, Kori in die Augen zu blicken. Ich schämte mich so sehr! Ich hatte etwas genommen, was ihm und seinem ganzen Volk heilig war. Würde er mir das jemals verzeihen?
Kori zögerte sehr lange.
Dann gab er sich einen Ruck. Er trat auf mich zu. Nun konnte ich nicht ausweichen. Ich musste ihn ansehen.
„Oh Kori, es tut mir so Leid. Ich hab dich enttäuscht."
Kori schüttelte den Kopf.
„Ich bin verwirrt. Das passt nicht zu dir. Ich bin sicher. Nein, eigentlich weiß ich im Moment gar nicht was ich denken soll. Ich

versteh nicht… . Aber Santara hat Recht. Nur so konnte das Herz erweckt werden. Das hätten wir nicht geschafft. Nicht mal für möglich gehalten hätten wir das. Das kann nur der dunkle Krieger vollbringen!"
Er sah mich an und streckte mir dann die Hand hin. Ich ergriff sie. Dankbar und froh.
„Was machen wir jetzt damit?"
Noch immer hielt ich das Drachenherz in meiner linken Hand.
„Zuerst müssen wir damit zum Felsen, um die Zwerge zu befreien!", sagte Santara.
„Ich habe euch noch etwas nicht erzählt!"
Santara erstarrte bei meinen Worten.
„Als ich dem Eichhörnchen und diesem anderen Ding in der Höhle fast begegnet wäre, da ... da ... sind sie doch abgehauen, haben mich nicht weiter verfolgt ...."
„Weil du deine Schwingung erhöht hattest und sie dich nicht mehr spüren konnten!"
„Ja, genau. Aber sie hatten es eilig wegzukommen, weil sie Zanubi berichten wollten, dass sie den Kristall der Kristalle gefunden hatten. Sie machten eine Bemerkung, so als ob Zanubi seit langem danach suchen würde."
Santara holte laut Luft.
„Dann hast du den Kristall gerettet!", rief Kori und starrte mich an.
„Tom, Kori hat Recht! Wer weiß, was passiert wäre, wenn du ihn dort gelassen hättest. Vermutlich wäre er in die Hände von Zanubi geraten und wer weiß, was er damit vorhatte!"
„Meint ihr, er wollte ihn auch mit dem Herzen verschmelzen? Absichtlich?"
Santara blickte Kiriane und dann Sanfor an.
„Diese Möglichkeit besteht, mein Freund. Dann muss Zanubi ein großes Wissen haben."
„Ich wüsste zu gern woher!", Santara kaute wieder nachdenklich auf ihrer Unterlippe.
„Und wenn er das vorhatte, was wollte er dann mit dem ‚neuen' Herzen? Die Zwerge befreien ja wohl nicht!"
„Tom, du stellst eine wichtige Frage nach der anderen!"
Santara sah mich an.

„Es ist so viel passiert und alles wird immer komplizierter. Habt ihr nicht gesagt, das Leben kann so einfach sein?"
Santara nickte.
„Ich ... ich glaube, Zanubi hat bei uns schon nach dem Kristall gesucht", meldete sich Ekata-in zu Wort. „Er hat überall rumgeschnüffelt. Und seine Fliegen waren doch auch überall. Kein Ort war vor ihnen sicher."
„Das macht Sinn!", Kori stampfte mit dem Fuß auf. „Wer weiß, wie lange der Kerl schon die Zwergenvölker abklappert und nach dem Kristall sucht."
„Und ich habe ihn hingeführt. Das heißt, seine Helfer."
„Quatsch. Erstens war das keine Absicht und zweitens hast du den Stein vor ihm gerettet. Nicht auszudenken, was passiert wäre, wenn du ihn nicht genommen hättest!", sagte Santara ernst.
„Beim Zwerg noch mal! Jetzt wird mir auch klar, warum die Zwerge die Höhle geschützt haben! Sie wussten, dass irgendjemand auf der Suche nach dem Kristall war! Kein Wunder!", Kori sah uns an.
„Santara! Santara! Weißt du noch? Im großen Wald? Keine Zwerge, keine Feen, nichts! Ist es möglich, dass Zanubi auch hier seine Finger im Spiel hatte? Hat er auch diese Wesen irgendwo eingesperrt?", Kiriane bebte vor Aufregung.
Santara erstarrte erneut.
„Das wäre möglich. Na Leute, dann haben wir eine Menge zu tun. Und den weißen Tiger müssen wir auch noch finden. Hat jemand eine Idee wie wir vorgehen sollten?"
„Könnten wir zuerst mein Volk befreien? Bitte!", flehte Ekata-in.
„Ekata-in, ich glaube, das muss noch warten. Wenn einer von Zanubis Spähern dich gesehen hat, wird uns der Zauberer dort erwarten und das wäre zu gefährlich. Wer weiß, was dieser Mistkerl noch so alles auf dem Kasten hat!", ich zögerte und sah Ekata-in an. Die schluckte tapfer, nickte aber dann. Kiriane ging nicht wie erwartet auf mich los, sondern nickte ebenfalls.
„Tom hat Recht!", meldete sich Santara zu Wort.
„Wir sehen zunächst nach den Wesen im großen Wald. Vielleicht erfahren wir mehr über Zanubi. Vielleicht hilft uns irgendetwas weiter. Sanfor kannst du uns hinbringen?"
„Ist mir ein Vergnügen!"

„Dann los. Wir haben keine Zeit zu verlieren!"
Wir stiegen auf, holten tief Luft und verbanden uns mit dem Drachenleib. Dieses Mal würde mich Nichts und Niemand vom Rücken des Drachen holen können! Denn nun hatten wir das Herz! Ach ja, das Herz. Lange hielt ich es in der Hand. Doch dann steckte ich es wieder in meine Hosentasche. Und wenn ich mich nicht täuschte, lachte der Drache auch dieses Mal schallend.

Zurück im großen Wald

Wir genossen den Flug. Bewusst. Jede Sekunde davon. Die Gefahren konnten warten. Ich glaube, dass mir in diesen Stunden klar wurde, wie wichtig es ist, jeden Moment genießen zu können. Wir hätten den ganzen Weg vor Angst bibbern oder Pläne schmieden können. Aber wir taten es eben nicht. Wir genossen es. Alle.

Dann erreichten wir die Wiese, zu der mich Santara gebracht hatte. Ganz am Anfang. Nun war ich wieder so groß wie damals. Ich sah mich um. Hier hatte alles begonnen. Wo würde es uns noch hinführen?

Keine Ahnung. Eigentlich wollte ich es gar nicht wissen. Das hatte Zeit. Alles zu seiner Zeit. Kiriane hatte Recht gehabt mit ihrer Bemerkung. Ich hatte viel gelernt. Über mich und über das Leben. Klingt das doof? Kannst du mich ein kleines bisschen verstehen?

Als wir alle abgestiegen waren, machten wir uns auf den Weg in den Wald. Sanfor konnte uns dieses Mal nicht begleiten. Sein riesiger Körper konnte nicht so einfach durch einen Wald marschieren. Wir verabschiedeten uns deshalb. Wenn auch nur für kurze Zeit. Es fiel uns allen schwer, denn der Drache strahlte eine heilsame Ruhe und Sicherheit aus.

Sanfor wollte sich umsehen, Kontakt mit anderen Wesen aufnehmen, wie Einhörnern. Na, davon hatte ich genug!

Wir anderen traten an den Waldrand und wieder erhob das Koboldmädchen ihre Stimme zu diesem merkwürdigen Singsang: „Seid gegrüßt ihr Alten, mächtig und groß. Seid gegrüßt und segnet unseren Weg durch die Tiefen eures Reiches."

Wieder antwortete ihr ein mächtiges Rauschen.

Wir traten ein und wieder umfing uns diese wunderbare Stille, dieser Frieden.
Am besten du probierst das mal bei dir zu Hause aus. Frag den Wald um seine Erlaubnis einzutreten. Du musst dir dabei nicht doof vorkommen, das ist etwas Normales. Frage die Kobolde und Elfen um dich herum! Warte auch nicht auf das Rauschen der Blätter! Sondern spüre seine Erlaubnis. Trau dich!
Als wir so standen, merkte ich, dass Ekata-in Angst hatte.
Kein Wunder! In ihrem Tal gab es kaum Gras. Es war felsig und kahl. Wie anders musste das hier auf sie wirken. Die hohen Bäume, die schon so viel gesehen und erlebt hatten! Das viele Grün. Die Stimmen der Vögel, das Wogen der Blätter. All das kannte sie nicht. Und wir haben oft Angst vor dem was wir nicht kennen. Aber sie war eine Zwergin, und obwohl jünger als ich, konnte ich sehen, wie sie tief ein und ausatmete und sich auf ihr Urvertrauen konzentrierte. Warum lernen wir so was nicht in der Schule? Und über Steine, Mondstein, Bergkristall würde ich auch gern mehr wissen. Und über Parallelwelten und all so was!

Die anderen warteten bis Ekata-in nickte. Nicht ein Wort war gesprochen worden und dennoch wussten wir alle Bescheid. Einfach so. Schön oder?
So viel war geschehen, seit ich das letzte Mal diesen Wald betreten hatte.
Weil es für mich unbequem war, ständig aufzupassen, dass ich meine kleinen Freunde nicht aus Versehen trat, nahm ich sie auf die Schultern.
Santara und Ekata-in links und Kori auf die rechte. Kiriane flog voraus.
„Wie sollen wir sie denn finden?", fragte ich.
Schweigen. Anscheinend hatte keiner eine Idee.
„Könntest du nicht mal jemanden fragen? Du bist doch die Hüterin des Waldes?"
Santara nickte. Sie sprang von meiner Schulter auf einen Ast und machte es sich bequem. Dann holte sie diese Holzstückchen aus ihrer Hosentasche und ich staunte nicht schlecht, als sie sie zu einer Flöte zusammenbaute. Sie trillerte eine eigentümliche Melodie und kurze Zeit später waren wir von lauter schwarzen Raben oder

Krähen (ich kann die nicht auseinander halten) umgeben.
Sprachlos sah ich zu, wie Santara sich mit ihnen unterhielt. Ich konnte alles verstehen! Moment, ich hatte auch das Eichhörnchen in der Zwergenhöhle verstanden. Wie war das möglich?
„Wir sind im Grunde alle zusammen ein Wesen! Es ist natürlich, andere Wesen zu verstehen. Es ist unnatürlich, das nicht zu tun. Ihr Menschen habt euch abgegrenzt. Darum versteht ihr sie nicht. Aber du hast gelernt! Du öffnest dich", flüsterte mir Kori ins Ohr.
Santara hatte die Raben nach den anderen Bewohnern des Waldes gefragt. Aber die Raben wussten nichts über den Verbleib der Wurzelzwerge und der Waldelfen.
„Eines Morgens waren sie weg. Zuerst die Wurzelzwerge und ein paar Tage später die Waldelfen. Wir haben sie seitdem nicht gesehen", krächzte eben ein besonders glänzendes Tier.
Santara verabschiedete die Raben und wandte sich uns zu.
„Merkwürdig ist das schon! Zwei Völker von heute auf morgen, schwups, verschwunden. Aber wie sollen wir sie finden?"
Ich merkte, dass das Drachenherz in meiner Hosentasche stärker zu pulsieren begann. Deshalb holte ich es hervor.
„Wenn Zanubi sie mit Hilfe des Drachenherzens irgendwo eingesperrt hat, dann kann es uns vielleicht helfen, diesen Ort zu finden!"
„Gute Idee, Tom. Am besten du gehst in alle vier Himmelsrichtungen einen Schritt und wir beobachten das Herz", sagte Santara und sprang zurück auf meine Schulter.
Zuerst ging ich einen Schritt nach Westen, denn diese Himmelsrichtung konnte ich dank dem Moos auf den Baumstämmen am leichtesten erkennen. Das Herz pulsierte gleichmäßig weiter. War das nun gut oder nicht?
Dann ging ich in die entgegengesetzte Richtung. Nach Osten. Keine Veränderung. Dann nach Süden. Wenn Westen links liegt und Osten rechts, dann musste Süden hinter mir liegen. Also ein paar Schritte zurück.
Das Herz pumpte nun eindeutig schneller.
„Geh sicherheitshalber noch nach Norden!", Koris Stimme krächzte vor Aufregung.
Gute Idee! Das tat ich deshalb auch.
Doch auch hier pulsierte das Herz schneller als es im Osten und

Westen der Fall gewesen war.
„Zwei Völker. Eins im Norden, eins im Süden". Kirianes Stimme konnte man die Aufregung anmerken.
Natürlich! Das war die Erklärung.
Doch wohin sollten wir zuerst gehen?
„Nach Norden. Höchstwahrscheinlich müssen wir dann den Wald nicht verlassen. Im Süden endet der Wald bereits nach wenigen Metern und unsere Chancen unentdeckt zu bleiben sind geringer", entschied Santara.
Wir waren einverstanden und so machten wir uns auf den Weg.
Ich hielt das Herz wie einen Kompass und sein Pulsieren zeigte uns die Richtung.
Nach ungefähr einer halben Stunde Fußmarsch standen wir vor einem großen Felsen.
Das Herz pulsierte nun so stark, dass ich es fast nicht mehr halten konnte.
„Hier muss es sein."
Santara sprang von meiner Schulter.
„Nichts zu sehen. Ein ganz normaler Felsen. Unglaublich!"
Zum Glück hatte das Kori gesagt. Denn auch ich konnte nichts Ungewöhnliches entdecken.
„Was sollen wir jetzt machen? Ich kann doch das Drachenherz nicht gegen den Felsen knallen!"
Fragend sah ich meine Freunde an.
„Natürlich nicht!", Santara war entsetzt.
Kori aber grinste über das ganze Gesicht: „Achtung er wirft! Platsch!"
„Blödmann!", rief ich nun auch grinsend.
„Zanubi hat mit seinem Holzstab dagegen geklopft. Dreimal. Und dann öffnete sich der Felsen", sagte Ekata-in.
„Wir haben keinen Holzstab", entgegnete ich.
„Noch nicht. Aber wir werden bald einen haben. Kori, krieg ich mal dein Messer?"
Santara packte das Messer und kletterte rasch den Stamm einer hohen Eiche hinauf.
Wenige Augenblicke später stand sie mit einem dicken Ast neben uns.
„Ich hoffe, du hast den Baum um Erlaubnis gefragt." Diese Bemer-

kung konnte ich mir nicht verkneifen!
„Natürlich!", Santara sah mich ärgerlich an. „Bin doch schließlich kein Mensch!"
Uff. Das hatte ich jetzt davon.
Santara grinste frech.
Sie schnitzte mit geschickten Händen und es entstand ein Stab, der dem Zanubis ähnlich war. Er war allerdings viel kürzer. Nicht so kunstvoll, denn für so etwas hatten wir keine Zeit. Aber er würde wohl seinen Zweck auch so erfüllen. Hofften wir.
Santara gab Kori das Messer zurück.
„Leg das Herz hinein."
Und das tat ich auch. Vorsichtig.
Santara hatte ihre Arbeit gut gemacht. Es passte perfekt.
Wir sahen uns an.
„Und nun?"
„Nun klopfst du dreimal gegen den Stein!"
„Ich? Will nicht lieber einer von euch?"
„Du bist der dunkle Krieger!"
„Hm. Soll ich etwas dazu sagen oder so?"
„Tom, Sprüche sind nicht so wichtig. Das hat dir Sanfor doch erklärt. Es kommt auf den Glauben an", sagte Santara.
Hatte ich den? Konnte ich mir vorstellen, dass ich, Tom, es schaffen konnte, mit Hilfe eines Drachenherzens einen Felsen zu öffnen und ein darin eingeschlossenes Volk zu befreien?
Ja! Das konnte ich und ich tat es.
Eins.
Zwei.
Drei.
Nichts geschah.
Doch dann begann sich der Fels zu bewegen. Wie von Geisterhand entstand eine Öffnung. Mitten im Felsen! Kannst du dir das vorstellen?
Wir spähten hinein.
Dunkelheit.
Kein Ton war zu hören.
Wir sahen uns an.
„Hallo? Ist da jemand?" Kori war ganz nahe an die Öffnung getreten und spähte hinein.

„Niemand da." Enttäuscht sah er uns an.
„Das glaub ich nicht." Kiriane flatterte aufgeregt auf und ab. „Das kann ich nie und nimmer glauben."
Und bevor wir sie aufhalten konnten, flog sie hinein.
Sprachlos standen wir da. Sollten wir ihr folgen?
Santara schüttelte den Kopf. „Nein, wir warten hier."
Es dauerte ein paar Minuten und dann kam Kiriane heraus. Sie strahlte.
„Sie sind da! Sie sind alle da!"
„Wer?", bestürmten wir sie.
„Die Wurzelzwerge. Sie müssen sich noch kurz an die Helligkeit gewöhnen und dann kommen sie."
Und tatsächlich!
Kiriane hatte kaum ausgeredet, da kamen sie. Wurzelzwerge. Männer mit Bärten, Frauen und Kinder.
Santara und Kiriane begrüßten sie und auch Kori und Ekata-in umarmten die befreiten Zwerge, obwohl sie keinen je zuvor gesehen hatten.
Ich stand etwas abseits. Allein. Ich gehörte irgendwie nicht dazu. Schon allein wegen meiner Größe.
Ein alter Zwerg kam auf mich zu.
„Dir haben wir unsere Rettung zu verdanken? Wie ist dein Name?"
Verlegen trat ich von einem Fuß auf den anderen. Ich kam mir so groß vor. Zu groß. Ich hätte nie gedacht, dass ich mir mal wünschen würde kleiner zu sein!
„Tom."
Der Zwerg nickte.
„Komm, Tom, setz dich ins Gras, dann muss ich nicht so schreien, um von dir gehört zu werden!"
Der Zwerg lächelte.
Und ich wurde rot. Ich spürte wie mir die Hitze ins Gesicht stieg.
Verlegen setzte ich mich ins Gras. So war es tatsächlich besser. Der Größenunterschied fiel nicht mehr so sehr auf.
Nach und nach sammelten sich immer mehr Zwerge um uns. Manche lächelten mir zu. Freundlich, dankbar oder auch verlegen. Manche, besonders die Kinder, versteckten sich aber hinter dem Rücken eines anderen Zwerges.

„Bist du wirklich ein Mensch?", fragte ein Junge, vielleicht fünf Jahre alt.
Ich nickte.
„Ein echter?"
Ich musste grinsen. Wahrscheinlich ging es den Zwergen so wie mir. Sie hatten lange oder noch nie einen Menschen gesehen. Mit Ausnahme von Zanubi. Und ich hatte zwar schon Kori und Ekata-in, aber noch nie so viele Zwerge auf einmal gesehen.
„Bist du auch böse?"
„Nein. Bin ich nicht. Ich heiße Tom."
Der Zwergenalte, der mich zuerst angesprochen hatte, zog seinen Hut (nicht Zipfelmütze!!) vom Kopf.
„Ich danke dir im Namen meines Volkes. Mein Name ist Kasa. Ich bin der Älteste."
Santara, Kori und Ekata-in traten neben mich. Gleich fühlte ich mich viel wohler. Merkwürdig, dass wir zum Wohlfühlen immer jemand anderen brauchen. Das war doch eigentlich nicht richtig.
Ein Raunen ging durch die Menge.
Santara strahlte. „Wir konnten ihm viel lernen, er begreift schnell."
Verblüfft sah ich sie an. Konnten die denn alle? Konnte hier denn jeder meine Gedanken lesen?
„Ja, natürlich", der Älteste sah mich an, „ist das bei euch Menschen anders?"
Ich nickte. Vieles war anders. Wenn ich mir allein vorstellte, dass dieser doofe Kai meine Gedanken lesen könnte. Das wäre entsetzlich.
Santara seufzte. „Ihr werdet es auch noch lernen! Nur wer die bedingungslose Liebe lebt, kann das. Denn nur der hat nichts zu verstecken. Er liebt alles und jeden so wie er ist. Akzeptieren heißt das Zauberwort."
Die Zwerge nickten eifrig.
Bevor ich eine neue Lektion bekam, fragte ich die Zwerge, was denn eigentlich passiert sei.

Unterwegs

„Vor ungefähr zwei Wochen kam Zanubi in diesen Wald. Er war groß von Gestalt und sehr freundlich ....", begann der Älteste.
„Aber ihr hättet doch erkennen müssen, dass er sich verstellte? Ihr hättet doch seine wahren Gedanken lesen können."
„Wir konnten es nicht. Er war der freundliche Mann, der er war. Er war freundlich, lachte viel. Natürlich waren da auch Schatten. Aber wer hat keine Schattenseiten, sogenannte ‚schlechte' Eigenschaften. Wir alle sind hier um zu lernen. Auch diese nicht so vorzeigbaren Eigenschaften anzunehmen. Keiner von uns ist gut oder böse. Wir sind alles. Aber zurück zum Zauberer. Er sagte uns, er sei auf der Suche nach Weisheit. Und da er sehr lernwillig war, erlaubten wir ihm unsere Bücher zu lesen. Er liebte Bücher. Und hatte wohl schon unzählige gelesen. Nach ein paar Tagen wurde er unruhig. Und er begann unsere Höhlen abzusuchen."
„Der Kristall! Er suchte nach dem Kristall!"
Rasch berichteten wir den Zwergen, was wir in Erfahrung gebracht hatten.
„Das erklärt viel. Nun ja, er begann Unruhe zu stiften und wir baten ihn deshalb, unsere Höhle zu verlassen. Aber er lockte uns zu diesem Felsen. Er hatte uns ein Fest versprochen. Ein Abschiedsfest als Dank für unsere Gastfreundschaft und na, den Rest kennt ihr ja."
„Aber warum hat er euch eingesperrt? Er hätte doch auch einfach gehen können?" Kiriane war verblüfft.
„Entweder er ist sehr nachtragend, weil ihr ihn gebeten habt zu gehen oder er wollte verhindern, dass es sich rumspricht, was er für

ein Typ ist, oder dass er etwas sucht." Ich sah meine Freunde an und fuhr dann fort: „Wer weiß wie viele Völker er noch eingesperrt hat."
Santara stieß vor Schreck einen Schrei aus.
„Tom! Darauf bin ich ja noch gar nicht gekommen."
„Wir fangen am besten bei den Waldelfen an." Kori hatte sich erhoben.
Er gab dem Ältesten die Hand und grinste einem ziemlich hübschen Zwergenmädchen zu.
„Kommt ihr oder wollt ihr hier Wurzeln schlagen?", fügte er hinzu.
Wir folgten ihm. Die Zwerge begleiteten uns noch ein Stück in Richtung Süden. Dann verabschiedeten wir uns.
„Wenn ihr Hilfe braucht, dann meldet euch. Wir helfen euch gerne!", verabschiedete uns der Älteste. Er sah mich an: „Es ist mir eine Ehre, den dunklen Krieger kennen gelernt zu haben."
Er verbeugte sich leicht. „Nun, da ich dich kenne, ist es mir leichter ums Herz."
Wieder spürte ich wie ich rot wurde. Ich verbeugte mich und die Zwerge verließen uns.
Kori, Santara und Ekata-in setzte ich wieder auf meine Schultern.
Als wir den Waldrand erreicht hatten, streckte ich den Stab mit dem Drachenherz nach vorne. Es pulsierte stark.
„Hier entlang!"
Sanfor war noch nicht zurück.
Wir liefen eine Zeit lang über die Wiese, doch nirgends war ein Felsen zu sehen.
Plötzlich ließ das Pulsieren wieder nach!
„Wir sind zu weit!", Kiriane flatterte aufgeregt um das Herz herum.
„Du bist im Weg, ich kann überhaupt nichts sehen!". Ich versuchte die Elfe zu verscheuchen.
„Kiriane hat recht, auch wenn ich das nur ungern zugebe!", sagte Kori.
Also ging ich langsam rückwärts. Alle Augen waren auf das Drachenherz gerichtet.
Da! Da musste es sein. Wir sahen uns um. Nichts!
Aber das war nicht möglich! Das Herz konnte sich nicht getäuscht haben!
Was hatten wir übersehen?

Ich kniete mich auf den Boden und meine Freunde sprangen von meiner Schulter.
Vorsichtig tasteten wir den Boden ab. Nur Gras. Ich hatte gehofft, auf einen Stein zu treffen, auf einen Eingang zu einer Zwergenhöhle, doch nichts.
„Seht mal, hier!", rief Ekata-in. „Das sieht merkwürdig aus. Die Erde hier ist krümelig, so trocken und das passt nicht zum Rest."
Mir war nichts aufgefallen, aber ich war ja auch kein Zwerg. Von Bodenbeschaffenheiten hatte ich keine Ahnung.
„Weiß nicht. Ich fühle nichts. Aber das heißt nichts. Die Zwerge eben und dein Volk konnte ich auch nicht spüren. Tom! Klopf auf den Boden!", befahl Santara.
Die drei anderen traten ein paar Schritte zurück und ich klopfte wieder.
Eins.
Zwei.
Drei.
Nichts.
Aber nun wussten wir ja, dass es etwas dauern konnte, bis...
Der Boden tat sich auf!
Kein riesiger Spalt oder so, nein er öffnete sich vielleicht fünf Zentimeter weit. Aber das reichte um..., um...
„Au! Nein! Au! Hört auf! Ich kann nichts ...! Au! Kiriane ...!"
Die Elfen waren wie wütende Hummeln oder besser Hornissen aus ihrem Gefängnis gestürmt und hatten mich in alle möglichen und unmöglichen Teile gezwickt, getreten und vermutlich auch gebissen.
Aber zum Glück konnte sie Kiriane beruhigen.
Völlig fertig ließ ich mich ins Gras fallen.
Aus den Augenwinkeln konnte ich erkennen, wie Santara und Kiriane auf sie einredeten.
Kori rieb meinen Arm, der einige rote Flecken hatte.
„Elfen, was kann man von denen schon erwarten?", murmelte er.
Ich setzte mich eben auf, als drei Elfen zusammen mit Kiriane und Santara auf mich zu kamen.
Die Waldelfen waren ungefähr genauso groß wie Kiriane, vielleicht auch ein bisschen größer. Sie hatten aber dunkle Haare und auch ihre Kleidung unterschied sich von der Kirianes. Alle waren

in den verschiedensten Grün- und Brauntönen gekleidet. Viele trugen Hosen. Und sie glitzerten alle irgendwie.
Drei dieser angriffslustigen Wesen kamen auf mich zu. Ich zuckte zusammen. Doch Santara machte heimlich eine beruhigende Geste. Und so entspannte ich mich.
„Wir sind hier, um uns, na ja, wir sollten uns wohl besser bei dir entschuldigen. Aber wir konnten ja nicht ahnen, dass es nicht dieser verabscheuungswürdige, miese Zauberer war, der den Erdspalt öffnete, in den er uns gesperrt hatte."
Aha. Seltsame Entschuldigung.
„Das finde ich auch!", Kori verschränkte wütend seine Arme vor der Brust. „Man kann ja wohl erwarten, dass ihr euch bei eurem Retter, eurem Befreier, dem dunklen Krieger anständig bedankt!"
Wütend sahen ihn die drei Elfen an. Ich erwartete schon, dass sie sich auf ihn stürzen würden, aber das wagten sie nicht.
„Entschuldigung!", murmelte die Mittlere.
Kori hielt sich die Hand hinter sein rechtes Ohr, so als hätte er sie nicht verstanden, aber Santara beendete dieses Spiel.
„Die Elfen haben uns berichtet, dass Zanubi sie mit falschen Versprechungen in diesen Spalt gelockt hat. Vorher hat er einige Tage in ihrer Nähe verbracht und sie über Steine und Zwerge ausgefragt."
„Der hat sich viel Mühe gegeben, den Kristall zu finden. Aber wir waren schneller!"
Triumphierend hielt ich den Stab in die Höhe und die Elfen umringten ihn sprachlos.
Ich hörte wie sie wisperten. Das Drachenherz bewunderten.
Dann kam die Mittlere, die anscheinend ihre Anführerin war, noch näher. Sie schwebte direkt vor meinen Augen.
„Wenn du unsere Hilfe brauchst, dunkler Krieger, dann sag uns Bescheid, wir sind immer für dich da. Immer!"
Sie nickte mir und Kiriane kurz zu und weg waren sie!
„Und jetzt?" Ratlos sah ich Santara an.
„Jetzt wissen wir sicher, dass Zanubi den Kristall seit längerem sucht. Das ist schon mal was. Und da er sich denken kann, dass du ihn genommen hast, wird er uns suchen lassen."
„Stimmt!"
„Zum Glück weiß er nicht, dass wir versuchen, die Prophezeiung

zu erfüllen. Das würde ihm nicht gefallen. Schließlich ist ‚Gleichgewicht‘ nicht unbedingt etwas, was er erreichen will. Er will herrschen. Über andere!", fuhr Santara fort.
„Ich fürchte er weiß es doch! Er weiß, dass ich der dunkle Krieger bin."
„Nein, das kann er nicht wissen!"
Und dann erzählte ich ihnen, wie ich damit geprahlt hatte, als ich dem Käferoberst zum ersten Mal begegnet war. Und dass es eben genau dieser Oberst mit seinem Heer war, der mich vor kurzem versucht hatte zu fangen, um mich Zanubi zu übergeben.
„Was verheimlichst du sonst noch?", Kiriane war genervt und leider hatte sie Recht.
„Nichts. Ehrlich."
„Also. Er weiß, dass du der dunkle Krieger bist, er hat den Drachen gesehen. Er kennt sicher die Prophezeiung. Wir haben das Drachenherz und den Kristall. Meine Güte! Der muss ja totales Muffensausen haben!", grinste Kori.
„Du hast Recht Kori, aber es wäre für uns besser, er würde weniger wissen. Er ahnt bestimmt, warum wir in dieses Tal kamen. So wird es für uns sehr schwierig an den weißen Tiger ranzukommen. Er wird ihn gegen uns aufhetzen!", Santara schwieg.
„Dann kommt halt zuerst ein anderes Wesen dran. Was fehlt uns noch?"
Santara dachte kurz nach. „Wir haben den Drache, das Einhorn und dunklen Krieger. Es fehlen noch Phönix, roter Vogel, Schildkröte und der weiße Tiger."
„Also nicht den Phönix, das hört sich schon wieder so kompliziert an. Wie wäre es mit der Schildkröte?", fragte ich.
Santara zuckte mit den Schultern. „Wenn du meinst! Aber ..."
„Kein ‚aber‘! Der dunkle Krieger hat entschieden!"
Manchmal konnte einem Kori auf die Nerven gehen!
„Und wo will der dunkle Krieger sie suchen?" Santara war ganz ruhig geblieben.
„Am liebsten würde ich meine holen!"
„Du hast eine Schildkröte? Wo denn? Die habe ich gar nicht gesehen!", verblüfft sah mich Santara an.
„Vielleicht mag sie keine Kobolde. Nein, sie ist schon alt und verkriecht sich gern unter den Küchenschränken."

„Gut, dann holen Tom und ich die Schildkröte. Tom, gib mir deine Hand."
Und schwups standen wir in meinem Zimmer.
Die Schnelligkeit der Reise erstaunte mich auch dieses Mal.
Mein Zimmer. Liebevoll strich ich über meinen Kleiderschrank. Hier wirkte alles so normal. So vertraut. Unverändert. Aber nichts war wie vorher. Denn ich hatte mich verändert.
„Alles ändert sich auf die eine oder andere Weise. Und das ist gut so. Wir entwickeln uns weiter." Santara lächelte mir zu.
Gut, dass sie da war, sonst hätte ich vielleicht sogar ein bisschen geheult.
„Wär auch nicht so schlimm, oder?"
Stimmt, antwortete ich in Gedanken.
„Komm, lass uns die Schildkröte holen."
Wir gingen in die Küche. Niemand da.
Ich war enttäuscht, denn ich hätte doch gerne meinen Vater, meine Mutter oder zumindest meinen Bruder gesehen. Wenn ich ehrlich bin am liebsten meinen Bruder. Erstaunt stellte ich fest, dass ich ihn am meisten von allen vermisste! Ihn! Obwohl wir eigentlich immer stritten!
„Was sich liebt, das neckt sich! Altes Koboldsprichwort."
„Gibt's bei uns Menschen auch! Da ist die Schildkröte."
Ich war eben dabei, sie unter dem Küchenschrank vorzukramen, als Santara entsetzt aufschrie.
„Stopp! Wie kannst du nur!"
Ich ließ die Schildkröte sofort los.
„Wie heißt sie?"
„Schlurchi."
„Schlurchi?"
Ich zuckte mit den Achseln. „Na ja, sie ist nicht besonders schnell, weißt du?"
„Schlurchi, ihr nennt eine Schildkröte, Hüterin des Wissens, Schlurchi!"
Santara kroch unter den Schrank.
Ich legte mich auf den Bauch davor, um nichts zu verpassen.
„Ehrwürdige Schlur..., Schildkröte, wir erbitten deine Hilfe. Ich bin Santara, Hüterin des Waldes."
Die redete mit meiner Schildkröte!

„Ich grüße dich, Hüterin des Waldes!"
Meine Schildkröte konnte reden.
Santara stöhnte laut. Und Schlurchi auch, wenn ich mich nicht verhört hatte.
„Und dich grüße ich auch, Tom."
„Hey, äh, Schlurchi!"
Ich sprach mit meiner Schildkröte!
Wieder zweifaches Seufzen.
„Hüterin des Waldes, wie kann ich dir helfen?"
Und dann informierte Santara meine Schildkröte. Als sie bei der Sache mit dem dunklen Krieger und mir angekommen war, sah mich die Schildkröte interessiert an.
„Mein Tom, der dunkle Krieger, wer hätte das gedacht?"
Ja, wer hätte das gedacht? Ich, der dunkle Krieger und eine sprechende Schildkröte.
Santara erzählte die ganze Geschichte. Von der Prophezeiung, von Kiriane und Kori, vom schwarzen Eichhörnchen, Zanubi und Sanfor.
„Ein Drache und ein Einhorn", sagte Schlurchi als Santara geendet hatte. „Ich hätte nicht gedacht, dass ich diese wundervollen Wesen in diesem Leben sehen würde."
„Und? Wirst du uns helfen?", fragte ich.
Schlurchi zögerte keine Sekunde.
„Natürlich. So spannend ist das Leben hier unter dem Küchenschrank nicht, dass ich es vermissen würde."
Schluck!
Ich rappelte mich auf und bevor Santara mich wieder zurück zur Wiese bringen konnte, steckte ich noch ein paar nützliche Dinge ein, die ich auf einem Regal hatte liegen sehen. So, nun konnte die Reise weitergehen. Grinsend nahm ich die Schildkröte in die Hand und das Koboldmädchen auf die Schulter.
Und dann?
Und dann standen wir auf dem Gipfel eines schneebedeckten Berges.
Das Grinsen verging mir recht schnell.
Schuhe! Warum hatte ich nicht an Schuhe gedacht!
Doch da vorn am Horizont sah ich Sanfor auf uns zukommen.
„Warum sind wir hier gelandet? Ich dachte, das geht nur von der

Wiese und zurück?"
„Das sind doch keine Autobahnen! Nein, wir können jeden Ort ansteuern, den wir wollen. Nun bleib doch mal ruhig stehen, ich fall gleich runter!"
„Und mir erfrieren gleich meine Füße! Schnee! Hättest du nicht 'nen wärmeren Ort aussuchen können?"
Doch bevor Santara antworten konnte, landete Sanfor.
Er und die Schildkröte begrüßten sich wie alte Freunde. Mit geschwollenen Worten. Aber ich setzte dieser Begrüßung ein rasches Ende. Ich wollte aus dem Schnee kommen!
Wir stiegen auf und begrüßten die anderen. Zu meiner Überraschung fehlte Ekata-in.
„Wir haben sie bei den Wurzelzwergen zurückgelassen. Wir mussten ihr allerdings versprechen, sie zu holen, sobald wir ihr Volk befreit haben", informierte uns Kiriane.
Der Drache entfernte sich von den hohen Bergen und wir kamen langsam in wärmere Gefilde.
Noch immer hielt ich Schlurchi in der Hand.
„Kannst du mich bitte zu Santara setzen? Ich habe noch ein paar Fragen."
Gewünscht, getan.
Ich konnte es noch immer nicht fassen, meine Schildkröte, die schon fast mein ganzes Leben bei uns lebte, konnte sprechen! Und ich konnte sie verstehen!
„Wie geht's jetzt weiter?", schrie ich Kori über die Schulter zu.
„Na wir brauchen noch den roten Vogel und den Phönix. Wir dachten uns, wir machen mit dem roten Vogel weiter."
Roter Vogel, ob es so was überhaupt gibt?
„Das wissen wir auch nicht, deshalb suchen wir ja in dieser Gegend, wo noch keiner von uns war."
Vernünftig. Ich hatte noch nie einen roten Vogel gesehen. Rotkehlchen. Aber richtig rot waren die auch nicht, eher orange. Orangekehlchen also. Kori lachte. Oder Buntspechte, besser wären Weißschwarzrotspechte. Aber ein roter Vogel. Papageien! Papageien waren rot!
„Hier ist es zu kalt. Wir müssen in Gegenden, wo es viel wärmer ist, dort gibt es eine Vogelart, die rot ist", rief ich.
Der Drache nickte und schwenkte nach rechts.

Langsam veränderte sich die Landschaft. Weniger Berge, mehr Bäume. Und auch meine Füße begannen sich zu erholen. Zuerst kribbelte es entsetzlich. Doch dann beruhigten sie sich.
Es wurde immer wärmer.
„Lass es uns hier mal versuchen", übernahm meine Schildkröte das Kommando.
Sanfor nickte wieder und setzte zur Landung an.
Wir waren an einem Waldrand gelandet. Besser: am Rande eines Dschungels.
„Hier kann ich unmöglich ohne Schuhe rein! Da wimmelte es doch nur so von Skorpionen und Spinnen und Schlangen!"
Santara sah mich an.
„Wir haben alle keine Schuhe. Woher kommt deine Angst?"
„Äh! Im Dschungel gibt es doch viele giftige Tiere. Also ist es da nicht normal Angst zu haben?
„Angst zu haben ist vielleicht menschlich, aber niemals normal!" Kiriane flatterte um mich herum,
„Du brauchst keine Angst zu haben!", sagte Santara. Sie hatte noch nicht ganz ausgeredet, als eine Schlange aus dem Gebüsch vor uns schoss und an uns vorbeizischte.
„Ahh!" Erschrocken sprang ich zur Seite.
„Keine Angst! Die will doch gar nichts von uns!"
„Aber das war eine Schlange, die hätte uns beißen können!"
„Warum glaubst du, war sie gerade da?", Santara hatte den Kopf in den Nacken gelegt und sah zu mir hoch.
„Keine Ahnung, woher soll ich das wissen? Zufa..."
Zufall?
„Genau! Du fängst an zu kapieren. Zufälle gibt es nicht. Denk mal über die Macht der Gedanken nach. Was, wenn du sie gerufen hast?"
„Ich?"
„Ja, du! Du bist abgestiegen und in deinem Kopf waren all die Bilder der Gefahren, die es deiner Meinung nach hier gibt. Und durch diese Bilder hast du sie gerufen!"
War das möglich?
„Kannst ihr ruhig glauben!", Kori hatte einen Arm um Santaras Schulter gelegt.
„Dann kommt dieser Monsterhund von unseren Nachbarn immer

auf mich zugerannt, weil ich ihn ... äh... auch rufe?"
„Klar. Wahrscheinlich stellst du dir vor, wie er auf dich zugerannt kommt. Und der Hund kann diese Bilder empfangen. Er denkt, du erwartest das und so stürmt er los!"
Schitt!
„Bin ich denn an allem selber schuld? Da kann ich mich ja über niemanden mehr ärgern!"
Meine Begleiter lachten.
„Ist doch praktisch, oder? Und nun zu deinem Hundeproblem. Stell dir doch das nächste Mal einfach vor, er würde ... Ach das kannst du selber erledigen. Sonst bin ich die Schuldige!", Santara lachte frech. „Also, gehen wir los?"
Ich werde keinem gefährlichen Tier begegnen!
Ich werde keinem ...
Meine Freunde lachten.
„Tom, verlass dich auf uns. Entspann dich. Vertraue! Oder möchtest du bei Sanfor und der Schildkröte bleiben?"
„Nein!", schrie ich.
Nie und nimmer wollte ich das! Ich wollte den roten Vogel finden.
So gingen wir los.
Ich nahm die anderen wieder auf die Schulter. Santara links und Kori rechts. Und sogar Kiriane, die am Anfang vorausgeflogen war, setzte sich ... auf meinen Kopf.
„Au. Zieh nicht so an meinen Haaren!"
„Sei nicht so empfindlich, Menschenkind. Schließlich muss ich mich festhalten!"
„Wenn du noch einmal so ziehst, schmeiß ich dich runter!"
„Ist ja schon gut!", schmollte die Elfe.
Aber es hatte gewirkt!
Wir folgten einem schmalen Pfad. Es war heiß. Meinen Pulli hatte ich schon kurz nach der Landung ausgezogen und – praktischerweise ließ er sich klitzeklein zusammenknüllen – in die Hosentasche gesteckt. In die rechte! Den Stab mit dem Drachenherzen hatte ich einfach hinten in mein T-Shirt gesteckt, und im Hosenbund eingeklemmt. Es kratzte etwas, war aber immer noch besser als schleppen.
Eigentlich war es angenehm ohne Schuhe.
Überall surrte und raschelte es. Aber zu Gesicht bekamen wir

nichts und niemanden. Zunächst zumindest.
Ach, ich habe ganz vergessen, bevor wir den Urwald betraten, hatte Santara natürlich wieder um Erlaubnis gebeten. Und erhalten.
Mich würde ja mal interessieren wie es sich anhört, wenn ein Wald ‚nein' sagt.
„Hör bloß auf!", fauchte Santara. „Ich bin die Hüterin des Waldes und kein Wald wird mir den Zutritt verwehren!"
Wann gewöhne ich mich bloß an diese Gedankenleserei?
„Och, ist doch ganz lustig so!", flüsterte Kori in mein Ohr.
Frechheit!

Wir waren schon eine ganze Weile gelaufen, ohne irgendeinen Bewohner zu Gesicht zu bekommen.
„Nicht besonders höflich, finde ich." Kiriane ließ ihre Beine in mein Gesicht baumeln.
Ich musste ihr Recht geben. Wie lange sollten wir noch laufen?
Zwar raschelte es links und rechts neben uns und auch in den Bäumen konnte man ab und zu eine Bewegung erkennen. Aber niemand nahm Kontakt auf.
„Stopp! Sanfor hat mit einem Bewohner Kontakt aufgenommen. Lasst uns umkehren!", rief Santara.
Also drehten wir um und gingen den ganzen Weg zurück!
Als wir den Dschungelrand erreichten, sahen wir ein merkwürdiges Tier zwischen Sanfor und Schlurchi liegen.
Ein Tapir!
„Ein was? Tapir?", Kori war erstaunt.
„Sieht aus wie ein Schwein mit Rüssel."
Da hatte er nicht ganz Unrecht.
Als wir uns näherten, rappelte sich der Tapir mühsam auf.
„Meine Freunde darf ich euch Senasa vorstellen?"
Neugierig blickte uns das Tier entgegen. Von Nahem konnte man erkennen, warum es so mühsam aufgestanden war. Es hatte eine blutende Wunde am rechten Hinterlauf.
Kori und Santara sahen sich besorgt an.
„Wir grüßen dich, Senasa, und bieten dir unsere Hilfe an. Mein Name ist Santara, ich bin die Hüterin des Waldes und neben mir steht Nanubi Kor, einer der Kristallzwerge. Wir verfügen über

Wissen und Mittel, dir zu helfen. Erlaubst du uns dies zu tun?"
Der Tapir nickte. Man sah ihm die Schmerzen an, die ihm seine Verletzung bereitete.
Das verletzte Bein fing an zu zittern.
Santara und Kori halfen dem Tier sich hinzulegen.
Während sich Santara die Wunde noch besah, hatte Kori bereits seinen Rucksack geöffnet.
„Die Wunde ist stark entzündet. Deshalb werden wir keine Zeit damit verschwenden hier nach geeigneten Pflanzen zu suchen. Normalerweise ist es besser heimische Arzneien zu verwenden, da sie die gleiche Schwingung haben wie die Kranken. Aber hier zählt jede Minute."
Kori hatte eine Flasche aus seinem Rucksack geholt und goss den Inhalt über das Bein.
„Reines Kristallwasser, zum Reinigen der Wunde."
Danach zerstampfte er mit Santaras Hilfe einige Wurzeln und Beeren aus seinem Rucksack und schmierte den Brei auf die Wunde. Santara legte noch einige Blätter darauf. Kiriane kam angeschwirrt. Sie brachte eine Art Liane mit, die Kori und Santara um die Blätter wickelten. Fertig!
„Du musst dich noch einige Tage schonen, aber es dürften keine Komplikationen mehr eintreten." Santara verneigte sich vor dem Tapir.
„Aber nun erzähle uns, was passiert ist!"
Der Tapir senkte den Kopf, so gut es liegend eben ging.
„Danke für eure Hilfe. Vor einigen Tagen herrschte in diesem Wald große Unruhe. Ein Tier, das wir vorher noch nie gesehen hatten, störte unser Gleichgewicht. Es war auf der Suche nach einem roten Vogel. Aber die Papageien, die es hier gibt, genügten ihm alle nicht. Deshalb wurde es zornig. Es drohte, es fraß einige auf und als ich mich ihm in den Weg stellte, verpasste es mir diese Wunde. So etwas haben wir noch nicht erlebt. Es war nicht hungrig. Es stiftete nur Unruhe."
Der weiße Tiger?
„War es ein weißer Tiger?", fragte ich aufgeregt.
„Ja", antwortete der Tapir.
„Da steckt das Vieh also!" Kori kratzte sich am Kopf.
„Zanubi hat ihn auf die Suche nach dem roten Vogel geschickt!",

Kiriane pfiff durch die Zähne.
„Aber er hat keinen roten Vogel gefunden, der ihm zusagte! Wir wären ihm gerne behilflich gewesen, aber irgendetwas passte ihm nicht und vor Wut hat er einige aufgefressen. So etwas haben wir hier noch nie erlebt!", wiederholte Senasa.
„Und dann war er plötzlich wieder verschwunden."
„Kein Wunder, dass sich die Bewohner des Dschungels vor uns versteckt haben!"
„Stimmt! Aber der Tiger hat uns die Arbeit hier abgenommen. Sieht so aus, als würden wir hier den roten Vogel nicht finden! Der Tiger muss irgendetwas wissen, was uns bisher entgangen ist."
Santara war sehr nachdenklich.
„Nochmals danke für eure Hilfe."
„Wir danken dir für dein Vertrauen!"
„Nun ja, der Drache machte mich neugierig."
Das konnte ich verstehen.
Wir verabschiedeten uns von Senasa und stiegen auf.
„Wohin soll es denn jetzt gehen?", fragte ich Santara.
„Ich weiß es nicht. Aber das macht nichts. Sanfor, bitte flieg einfach drauf zu. Wir lassen es am besten auf uns zukommen."
Sanfor flog also los. Wir flogen über dieses Land. Ich sah Dschungel, alte Bäume verschlungen mit anderen Gewächsen. Ich sah Elefanten und andere Tiere. Ich sah Baumaschinen und Geräte, die diese uralten und wundervollen Bäume einfach umwarfen und ich hätte am liebsten geheult. Riesige Landstriche wurden entwurzelt. Tot. Wie tot lag das Land da. Nichts zu sehen, zu spüren von der Größe der Natur.
„Die Erde lebt. Vergiss das nicht Tom. Sie kann sich erholen. Aber es wurden und werden ihr so viele Wunden zugefügt, dass es auch mich schmerzt. Wir müssen das auch den Menschen klar machen", sagte Santara.
„Wie kann ich helfen?" Am liebsten würde ich diese Maschinen in die Luft sprengen. Den Menschen die daran beteiligt waren ... !
„Gewalt erzeugt immer wieder Gewalt! Das würde nicht helfen. Fang bei dir an Tom! Das würde schon viel ändern!"
Bei mir anfangen? Ja, was und wie denn?
„Nimm die Erde wahr! Den ganzen Planeten. Es gibt viele Möglichkeiten. Begrüße sie am Morgen. Wünsche ihr eine gute Nacht

am Abend. Lege deine Hände auf den Erdboden und segne ihn mit deiner Liebe. Streichle ihn. Deiner Fantasie ist keine Grenze gesetzt! Und erzähle deinen Freunden davon. Du, ihr, könnt so viel bewirken. Ihr seid so mächtig!"
„Links!", schrie Kori.
Sanfor flog eine Kurve nach links.
„Ich hatte plötzlich das Gefühl, wir müssen nach links!", entschuldigte er sich bei uns.
„Super", Santara nickte zufrieden.
Wir schwiegen und beobachteten das Land unter uns.
Einige Zeit wurden wir von einer Schar Krähen begleitet, aber die konnten uns auch nicht weiterhelfen. Niemand hatte von einem roten Vogel gehört.
Wir überflogen Land und Wasser, Berg und Tal, doch nirgends schien es rote Vögel zu geben.
Schließlich erreichten wir eine Gruppe von Inseln.
„Können wir nicht mal landen? Ich verhungere gleich!"
Wir stimmten Kori sofort zu.
„Welche der Inseln soll ich anfliegen?", fragte Sanfor.
„Die Viertgrößte! Die mit dem Vulkankegel!", bestimmte ich. Ich hatte mir schon immer gewünscht, einmal einen Vulkan aus der Nähe zu sehen.
Sanfor umflog die Insel um einen geeigneten Landeplatz zu suchen.
Und entschied sich dann für den Strand, da dahinter bereits dichter Dschungel begann.
Wir stiegen ab und streckten unsere steifen Glieder. Ahh, herrlich!
„Ich geh 'ne Runde schwimmen! Tut mir bestimmt gut!", sagte ich.
„Das glaube ich nicht! Sieh!" Kiriane schwirrte um mich herum.
Ich trat einige Schritte weiter an das Meer heran. Haie!
„Da wird wohl nichts aus meinem Bad!"
Kiriane grinste.
Schade! Das Wasser glitzerte türkisblau. Dazu der Strand! Herrlich.
Ich sah mir den Dschungel an, der vor uns lag. Er war dicht. Der Bewuchs ähnelte nichts, was ich bisher gesehen hatte. Und Vögel

musste es hier auch geben. Was für ein Gezwitscher! Unglaublich. So viele verschiedene Vögel waren zu hören. Es war irre laut.
„Hoffentlich finden wir ihn hier", Santara sah mich an.
Ich nickte.
Mein Magen knurrte laut.
Kori lachte: „Komm, hilf Holz sammeln, wir brauchen Feuer für unser Mittagessen."
Das ließ ich mir nicht zweimal sagen.
Ich half noch Schlurchi vom Rücken des Drachen herunter und lief dann in die entgegengesetzte Richtung wie Kori. Immer dem Waldrand entlang. Auf der Suche nach Feuerholz.
Ich war schon ein Stück gelaufen, als ich über mir lautes Geschimpfe hörte. Ein weißer Vogel mit knallrotem Schnabel kam angeschossen, musterte mich und segelte dann knapp über mich hinweg. Ich duckte mich. Aber er verschwand. Schnell lief ich hinterher. Doch er war verschwunden. War er der Vogel, den wir suchten?
Plötzlich raschelte es im Gebüsch. Ich erschrak. Gab es hier Raubtiere? Bestimmt.
Das Rascheln kam näher. Gleich musste etwas Großes durch das Dickicht brechen. Ich war wie gelähmt, konnte meine Beine nicht mehr bewegen. Da! Gleich! Ich zitterte. Und dann sah ich es.
Eine Ziege. Eine schwarz-weiße Ziege.
Erleichtert lachte ich auf.
Die Ziege musterte mich und kam dann näher. Ziemlich neugieriges Vieh.
Sie schnupperte an mir rum und begann meine Hände abzulecken.
Es raschelte wieder im Gebüsch und weitere Ziegen kamen heraus.
Ob ich mich mit ihnen verständigen konnte? Ich sah mich um. Kein Mensch weit und breit. Gut. Schließlich wollte ich mich nicht lächerlich machen.
„Äh. Hallo!"
Die Ziegen meckerten leise vor sich hin. Zufall?
„Könnt ... könnt ihr mich v e r s t e h e n?"
Etwas blöd kam ich mir ja schon vor!
„Natüüüürlich!", sprach die schwarz-weiße Ziege in typischem Ziegenmeckerton.
„Äh ... wir sind auf der Suche nach einem roten Vogel..."

„Wiiiiiiir?"
„Ja, der Drache...", weiter kam ich nicht.
Aufgeregt meckerten die Ziegen und drängten sich dichter an mich heran.
„Ein Draaaaaaache? Sagtest du Draaaaaache?"
„Jep! Und außerdem die Hüterin des Waldes, eine Elfe und ein Kristallzwerg und natürlich ich, der dunkle Krieger."
Habt ihr schon mal eine Horde – oder wie man das bei Ziegen auch immer nennen mag – Ziegen mit offenen Mäulern gesehen? Ich schon!!
„Ach ja und eine Schildkröte haben wir auch dabei!"
„Schiiiiiiildkröten gibt es hiiiieeeer wie Saaaand am Meeeeeer!"
Oh!
„Wüüüüüürdest du uns biiiiiitte den Draaaaachen zeiiiigen?"
„Klar! Kommt mit!"
Ich drehte um und gefolgt von ungefähr 15 Ziegen lief ich am Strand entlang zu unserem Landeplatz.
Santara staunte nicht schlecht als sie uns kommen sah. Sie kletterte auf den Rücken des Drachen, stemmte die Hände in die Seiten.
„Tom als Ziegenfänger von ... keine Ahnung, wo wir hier sind. Herzlich willkommen .... "
Doch die Ziegen beachteten sie nicht. Ihr Interesse galt ausschließlich dem Drachen. Sie umrundeten ihn, beschnupperten ihn, leckten ihn sogar ab!
Sanfor kicherte. Ein kitzeliger Drache, hast du so was schon gehört?
Santara stand noch immer auf seinem Rücken und ihr Gesicht zeigte eine leichte Rotfärbung. Dazu ein zusammengekniffener Mund.
„Liebe Santara, könnte es sein, dass du wütend bist?", säuselte ich.
Keine Antwort, nur ein giftiger Blick.
„Könnte es sein, dass du dich ärgerst, weil du nicht im Mittelpunkt stehst?"
Kobold ärgern ist klasse!
„Quatsch! Die sind eben doof. Was kann man schon von Ziegen erwarten!"
„Wie war das doch gleich?" Ich genoss die Situation sehr. „Jede

Situation soll dir etwas lehren. Meist hat das was mit dir zu tun. Überlege genau ..."
„Das reicht! Ich hab‘s kapiert! Ich hätte dir nicht soviel lernen sollen. Jetzt ...."
Aber sie grinst wieder.
„Hast du sie schon nach dem Vogel gefragt?"
„Ja, aber null Antwort!"
„Macht nix. Kiriane und Kori sind noch unterwegs, vielleicht finden die was raus."
Plötzlich ein lautes Räuspern. War das Sanfor gewesen?
„Hmkm!", laut und seltsam melodisch.
Sofort sammelten sich die Ziegen hinter der Schwarz-weißen.
„Wir sind auf der Suche nach einem Vogel, dem Vogel aus der Prophezeiung. Er ist rot. Wärt ihr so nett uns zu helfen?"
Schlurchi! Meine Schlurchi hatte das gesagt. Ich konnte es nicht fassen.
„Mund zu! Du weißt doch nun, dass sie sprechen kann!", flüsterte Santara.
Schon, aber ungewöhnlich fand ich das immer noch. Da hat man eine Schildkröte, die kann sprechen und hält eine Ansprache vor einer versammelten Ziegenherde! Und die hören auch noch zu!
„Ehhhhhhrwürdige Schiiiiiildkröte ...",
Ehrwürdig! Schlurchi!
„... wir sind diiiiiiir und deinen Gefääääährten geeeeeerne behilfliiiiich. Es giiiiibt einen rooooooten Voooogel hier. Wiiir füüüühren euch geeeeerne zu ihm."
„Danke. Das wäre nett. Tom, bist du so nett und trägst mich?"
Klar.
Und so folgten wir den Ziegen im Gänse – äh, Ziegenmarsch. Immer tiefer in den Dschungel hinein. Nur Sanfor ließen wir zurück. Du weißt schon, wegen der Größe.
Ich habe noch nie so viele verschiedene Vögel gesehen. Überall flatterte es.
„Wiiiiir sind da. Da oooobеn nissssstet er."
Wir standen unter einem ziemlich hohen Baum.
„Das übernehme ich", sagte Kiriane, die eben zu uns gestoßen war, und schwebte davon. Wie eine Feder bewegte sie sich. Nur, dass sie nach oben schwebte!

Es dauerte ein paar Minuten und dann kam sie, gefolgt von einem kleinen roten Vogel, zurück.
Ich streckte meinen Arm aus und er setzte sich auf meine Hand.
Er war eindeutig rot. So groß wie ein Spatz und rot, mit dunklem Bauch.
War er der, den wir suchten?
„Tom, lass mich!", Santara zupfte an meinem Ohr.
Klar.
Santara begrüßte den Vogel auf, wie ich finde, ziemlich übertriebene Art. Dann erklärte sie ihm, dass wir auf der Suche nach dem roten Vogel aus der Prophezeiung wären. Als sie geendet hatte, sahen wir alle den Vogel erwartungsvoll an.
War er der, den wir suchten?
Nichts.
Das Vieh gab keinen Ton von sich.
Kein Piepen oder Fiepen.
Nichts.
Nicht mal 'nen Furz!
„Tom!", zischte mir Santara vorwurfsvoll ins Ohr.
„Ist doch wahr!", maulte ich.
„Vielleicht kann er nicht reden", flüsterte Santara.
„Vielleicht ist er ein bisschen ballaballa", flüsterte ich zurück.
Die Ziegen hatten sich inzwischen in alle Richtungen verstreut. Wir standen allein, mit einem stummen roten Vogel mitten im Urwald einer kleinen Vulkaninsel. Na toll!
„Ich glaube, der ist es nicht", flüsterte ich.
Santara zuckte ratlos mit den Schultern.
„Was meinst du Kiriane?"
Die Elfe flatterte um den Vogel herum.
„Jedes der Wesen, die wir suchen, verkörpert irgendetwas. Der rote Vogel steht für das Element Feuer. Sehr feurig wirkt der aber nicht." Kiriane landete auf meinem Arm und besah sich den Vogel. „Er hat mich vorhin aber ganz sicher verstanden, denn er ist ja mit mir herunter gekommen."
„Was machen wir denn nun?", langsam wurde ich ungeduldig. „Sollen wir ihn mitnehmen?"
Der Vogel hatte sich bisher kaum bewegt. Noch immer saß er auf meiner Hand und es schien, als ob ihn das alles nichts angehen

würde.
„Vielleicht ist er schüchtern", sagte Santara. „Tom, setze uns auf den Boden und dann lasst uns allein."
Das tat ich. Was blieb uns auch übrig?
Kiriane und ich machten uns also auf den Rückweg zum Strand.
Als wir am Strand angekommen waren, hatte Kori bereits das gesammelte Holz aufgeschichtet und ein Lagerfeuer angezündet. Und nicht nur das. Es duftete herrlich nach leckerem Essen. Sofort spürte ich wie groß mein Hunger war. Riesig!
„Halt! Finger weg. Wo habt ihr Santara gelassen? Gegessen wird erst, wenn alle da sind."
Das fiel mir echt schwer!
Doch da kam Santara schon.
Allein!
„Wo hast du den roten Vogel?"
Santara zuckte mit den Schultern. „Der ist einfach abgeschwirrt. Ich glaube nicht, dass er derjenige ist, den wir suchen."
Ich seufzte. Ein roter Vogel. Und das war die schwierigste Aufgabe?
„Ähem!"
Wir sahen alle zu Schlurchi.
„Ja?"
„Also, seid ihr sicher, dass wir überhaupt einen roten Vogel brauchen, denn ...."
Weiter kam sie nicht. Wir anderen protestierten heftig.
„Wie kannst du so etwas fragen? Kennst du nicht die Prophezeiung? Was soll das denn?"
Und so weiter und so fort.
„Natürlich kenne ich die. Aber der Phönix ist rot. Kann es sein, dass er der rote Vogel ist?"
Uff!
Wir sahen alle Santara an.
Die schwieg und starrte Schlurchi an.
„Wie sieht denn ein Phönix aus?", fragte ich.
„Der Phönix ...", sagte Sanfor mit seiner warmen Stimme, „... der Phönix ist ungefähr so groß wie ein Adler. Sein Federkleid schimmert golden und rot. Ich sah auch welche, die hatten einen blauschimmernden Schwanz. Aber du hast Recht, liebe Schildkröte, er

ist eindeutig rot."
„Dann haben wir die ganze Zeit umsonst nach diesem roten Vogel gesucht?", Kori war baff.
„Aber die Prophezeiung ..., steht da nicht ...? Wie lautete sie?", fragte ich.
Santara zögerte. Sie war tief in ihre Gedanken versunken. Aber wen wunderte das?
Da suchten wir in allen möglichen Gegenden nach einem roten Vogel und nun brauchten wir ihn womöglich nicht?
Das Koboldmädchen räusperte sich und sagte dann:

„In fernen Tagen
wenn das Sterben beginnt
die Hoffnung schwindet, die Zeit verrinnt,
dann wird kommen der Eine von vielen
er hat es nicht verlernt,
er kann noch spielen.
sechs muss er finden – der der dunkel erscheint.
Gefahr bringt die Reise, doch Freundschaft vereint.
Dies ist die Aufgab, dies ist die Pflicht,
doch vergiss er das Folgende nicht:
hat das Gehen schon begonnen,
muss er sich sputen,
zu viel Zeit ist schon verronnen.
Das Andere wird stärker, stärker die böse Macht,
also nimm dich vor ihr in Acht.
Hat er gefunden die sechs, die noch fehlen,
Gleichgewicht entsteht, niemand kann es mehr stehlen."

Wieder schwiegen wir.

„Also, der der dunkel erscheint, das bin ich. Das wissen wir. Die böse Macht ist wohl Zanubi. Dem haben wir aber sein Zauberwerkzeug geklaut. Und in Acht nehmen wir uns auch. Aber es ist eindeutig von sechs die Rede. Sechs müssen wir finden.
Einhorn, Drache, Schildkröte, wären drei. Weißer Tiger und Phönix ergibt fünf! Dann fehlt immer noch die Nummer sechs. Brauchen wir doch den roten Vogel?"

Wir starrten ins Lagerfeuer. Hunger hatte inzwischen keiner mehr.
„Eine Zeile der Prophezeiung fehlt, meine Freunde."
Sprachlos starrten wir Sanfor an.

„ ... sechs muss er finden – der der dunkel erscheint.
Gefahr bringt die Reise, doch Freundschaft vereint.
Zuerst muss er suchen drei vom blauen Volk,
nur dann ist ihm beschieden der Erfolg!"

„Aber das seid ja ihr, Kiriane, Santara und Kori!", schrie ich.
„Dann haben wir es ja fast geschafft. Dann fehlt uns nur noch der Phönix."
„Und unser Freund, das weiße Kätzchen!", fügte Kori hinzu. Er schien seine Sprache wiedergefunden zu haben.
„Und jetzt gibt's was zu mampfen, was sagst du, dunkler Krieger?"
Ich nickte ihm zu. Mein Hunger kehrte zurück. Santara saß noch immer sprachlos da.
„Wie konnte mir das passieren?", flüsterte sie.
„Bei Überlieferungen geht eben manches verloren, das ist so", tröstete Kiriane sie. „Wir haben das Rätsel ja trotzdem gelöst."
„Dank dir, Sanfor."
Santara war aufgestanden und schmiegte sich an den riesigen Drachen.
„Nach dem Essen machen wir uns auf die Suche nach dem Phönix!", fügte sie hinzu.
„Null!", sagte ich mit vollem Mund. Diese Wurzeln waren echt klasse. „Wir holen den Phönix hierher! Bei Sanfor hat es ja auch geklappt!"

Der Phönix

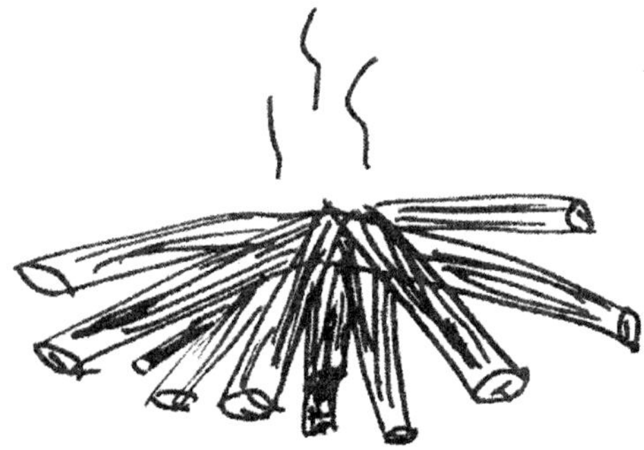

Wir genossen das Essen. Einfach und super gut. Ich würde diese leckeren Speisen von Kori vermissen. Diesen Gedanken schob ich schnell beiseite. Ich mochte nicht an das Abschiednehmen denken. Noch nicht.
Als wir fertig waren, sahen mich die anderen erwartungsvoll an.
Das hatte ich nun von meiner großen Klappe!
Aber bei Sanfor hatte es ja schließlich auch geklappt.
„Könnt ihr mir noch irgendetwas über den Phönix sagen?"
„Er soll 500 Jahre leben, dann verschiedene Kräuter und Gewürze wie Weihrauch zusammentragen. Anschließend geht er in Flammen auf. In der Asche liegt dann ein Würmchen, das am nächsten Tag zum Küken und dann wieder einen Tag später zum Phönix wird."
Krass!
Ich schloss meine Augen und versuchte mir den Phönix vorzustellen. Rot und goldene Schwingen, so groß wie ein Adler. Aber irgendwie gelang es mir nicht. Ich konnte mir den Schnabel nicht vorstellen. Sah er aus wie der eines Adlers? Oder eines Papageis, einer Ente? Ich musste kichern.
Also dann die Fackelszene. Der Vogel steigt ins Feuer und ... ein Würmchen.
Ich probierte es wieder und immer wieder. Dazwischen öffnete ich prüfend die Augen. Kein Phönix.
Mist.
„Es klappt nicht. Wir müssen ihn doch suchen", entschuldigend sah ich mich um.
Santara nickte. „Kori, du löschst das Feuer. Wir packen zusammen. Hat einer eine Idee, in welche Richtung wir müssen? Sanfor?"

Doch bevor der Drache antworten konnte, schrie Kori überrascht auf. „Seht, da, in der Asche!"
Wir versammelten uns wieder um das Lagerfeuer. Kori hatte es gelöscht und stocherte nun mit einem Stock in der Asche herum.
Und da lag, du kannst es dir bestimmt denken, da lag ein Wurm!
Ach was sag ich, ein Würmchen! Eigentlich weiß, aber jetzt natürlich grau, von der Asche. Es lag da und zappelte.
„Ist er das?", Kori sah uns fragend an.
„Oh Tom, hättest du ihn dir nicht etwas größer vorstellen können?", Santara klang genervt.
„Sieht nicht besonders appetitlich aus!"
„Du sollst ihn ja auch nicht essen!", fuhr mich Santara an.
Das hatte ich auch nicht vorgehabt!
„OK! Wir haben einen Phönix, wenn auch etwas anders als ich mir das vorgestellt habe. Wir nehmen ihn mit. Tom, du hast ihn geholt, also ist es deine ehrenvolle Aufgabe! Aber ...", Santara sah mich ernst an, „ ... nicht in die Hosentasche!"
Ich nickte und Kori kicherte!
Jetzt stand ich vor einem Problem. Wie sollte ich den Wurm transportieren?
„Wir legen ihn in meinen Rucksack, da hat er Platz und kann wachsen. Zumindest zum Küken werden", flüsterte mir Kori zu.
Da die Asche noch heiß war, rollten wir das Würmchen vorsichtig mit dem Stecken auf ein Blatt.
„Dann hat er gleich was zu fressen!"
Vorsichtig packten wir das Blatt mit dem wertvollen Inhalt in Koris Rucksack. Ganz oben drauf. Vorsichtig verschlossen wir ihn.
Geschafft!
„So, gut gemacht, ihr beiden. Nun wird es Zeit, es mit Zanubi aufzunehmen. Den Tiger werden wir wohl bei ihm finden."
„Wie gehen wir vor?"
„Zunächst befreien wir Ekata-ins Volk. Die Zwerge waren lange genug eingesperrt!"

Wir flogen los.
Ganz vorne saß Schlurchi, dann Santara, dann Kiriane (inzwischen hatte sie sich an die Fliegerei gewöhnt!), dann Kori und zum Schluss ich.

Wir flogen bis tief in die Nacht hinein.
Immer weiter ging es. Über Berge, Täler, Meere.
Wir wurden müde und irgendwann waren wir wohl alle eingeschlafen.
Als Sanfor zur Landung ansetzte, graute bereits der Morgen.
Ich rieb mir den Schlaf aus den Augen. „Wo sind wir?"
„In der Nähe des Tals des donnernden Wassers. Es ist besser hier zu lagern, damit uns Zanubis Späher nicht sofort entdecken."
Vernünftig!
Wir stiegen ab und ich dehnte und streckte mich erst mal. Dann entfernte ich mich von den anderen, um ..., na du weißt schon!
„He! Tom! Wo willst du hin?", rief mir Santara hinterher.
„Äh, ich muss mal .... für kleine Jungs ..."
Ob sie das verstand?
Doch da Santara grinste, wusste sie wohl Bescheid!
Sanfor war am Rande eines Waldes gelandet. Ich ging etwas tiefer hinein, um nicht gleich Scharen von Zanubis Spähern anzulocken.
Ich war eben mit Pinkeln fertig, da raschelte es im Gebüsch.
Und dann stand er vor mir, der weiße Tiger.
Zähnefletschend ging er auf mich zu.
Ich blieb stehen.
Wegrennen hätte eh keinen Sinn gehabt.
Er kam näher.
Noch näher.
Dann blieb er stehen.
„Lauf!"
Ich schüttelte den Kopf. Reden konnte ich nicht.
Verwundert sah er mich an.
„Lauf!", wiederholte er knurrend.
„Nein!"
„Ein kleiner Junge und keine Angst? Ich sehe deine Angst in deinen Augen. Ich rieche deine Angst, wie sie durch alle Poren deines Körpers dringt und ich kann sie hören. Also lauf!"
Wieder schüttelte ich den Kopf. Ich hätte keine Chance gehabt. Und ich hatte eine Aufgabe zu erledigen.
„Wir brauchen dich, weißer Tiger."
Meine Stimme hörte sich merkwürdig an. Er hatte Recht. Ich hatte Angst. Riesengroße Angst. Ich zuckte mit den Schultern. Na

und? Die hätte jeder! Jeder! Mit Ausnahme von Kiriane. Die konnte ja flattern.
Ich musste grinsen. Ich konnte mir richtig vorstellen, wie sie dem Tiger die Zunge bleckte und dann davonschwirrte.
„Du lachst? Im Angesicht tödlicher Gefahr? Wer bist du?"
Verblüfft starrte mich das Raubtier an.
„Ich bin der dunkle Krieger."
„Der dunkle Krieger?", der Tiger lachte nun. „Das ist ein Märchen aus alter Zeit. Erlogen. Um uns Hoffnung zu machen. Für Jungtiere und Zwerge."
Es schien als würde er verächtlich ausspucken. Dann fuhr er fort: „Harmonie, Gleichgewicht, pah! Macht ist das was zählt! Herrschaft über andere! Und die erreiche ich nur durch Gewalt. Ich pfeife auf diese alten Geschichten!"
„Die Zwerge haben mir von deinen Vorfahren erzählt. Vom Frieden im Tal."
„Welche Zwerge? Dann ist also doch einer entkommen! Ich spürte es, aber ich konnte ihn nicht finden. Nun gut, das ist nicht mehr wichtig."
Neugierig musterte mich der Tiger.
„Wozu glaubt ihr mich zu brauchen? Und wer ist ‚ihr'?"
„Wir, das sind eine Elfe, ein Kristallzwerg, ein Einhorn, eine Schildkröte, die Hüterin des Waldes – ein Kobold – ein Phönix, na ja fast, und Sanfor – ein Drache."
„Ihr Narren! Ihr wollt wirklich diese Prophezeiung erfüllen? Einhorn, Phönix, Schildkröte, Drache, dunkler Krieger, blaues Volk und weißer Tiger." Er lachte.
„Du kennst die Prophezeiung gut."
„Jeder kennt sie. Jeder!", er machte eine abfällige Bewegung mit seiner rechten Pfote.
„Aber warum kannst du nicht an sie glauben? Siehst du nicht, dass vieles nicht mehr im Gleichgewicht ist? Schau dir diese Fichten an! Sieh, sie werden kaputt. Oben. Sieh doch hin. Oder du und die Zwerge im Tal des donnernden Wassers. Ihr lebtet in Frieden und nun? Du hast diesem miesen Zauberer geholfen ... "
Weiter kam ich nicht. Der Tiger machte einen Satz auf mich zu. Nur ungefähr einen halben Meter vor mir kam er knurrend und fauchend zum Stehen.

„Wage es nicht meinen Meister zu beleidigen! Er hat mir die Augen geöffnet über die wahren Werte. Über das Leben. Er ...."
„Ach hör auf! Meister, wenn ich das schon höre. Er ist ein Mensch wie ich. Und er verdankt seine Macht nur diesem Teil da."
Ich zog den Stab mit dem Herzen aus meinem T-Shirt.
„Weißt du, woher ich das habe? Ich habe es deinem Meister geklaut. Einfach so."
Der Tiger starrte auf das Herz, dann mich an. Dann ging er ein Stück rückwärts.
Cool!
„Woher ...?"
„Das habe ich dir gesagt. Ich habe es geklaut. Aus dem Schloss von Bagol. Du warst wohl schon lange nicht mehr dort? Es strahlte, als ich es zuletzt sah, in allen Regenbogenfarben."
„Du sagst die Wahrheit. Aber nun ist es wieder trüb."
„Das macht Zanubis Gegenwart. Das Schloss nimmt immer die Stimmung seiner Bewohner an. Und was ist machtvoller? Als ich dort war und es glänzte oder das trübe Zanubi-grau?"
Der Tiger starrte noch immer das Herz an. Keine Antwort.
„Es hat sich verändert."
„Das war ich. Ich habe es einfach mit dem Kristall der Zwerge verschmolzen." Stimmt doch auch, oder?
Schweigen.
Stille.
Immer noch.
Langsam wurde ich unruhig. Der Tiger scharrte mit der Pfote.
„Sollte es möglich sein, dass diese Prophezeiung wirklich wahr ist? Du hast Dinge vollbracht ... vielleicht ...", der weiße Tiger redete mehr mit sich als mit mir. Ich zog es deshalb vor zu schweigen.
„Beweise mir, dass du der dunkle Krieger bist."
Was?
Wie um Himmels willen sollte ich das denn tun?
„Beweise es mir und ich werde euch helfen!"
Oh nein! Wie sollte ich es denn beweisen? Um ehrlich zu sein, manchmal glaubte ich es ja selbst nicht so ganz.
Ich musste Zeit gewinnen. Wie sollte ich es beweisen?
„Gerne. Sag mir, welchen Beweis du sehen willst!"

Etwas Besseres fiel mir nicht ein! Was hättest du an meiner Stelle getan?
Der Tiger überlegte. Und ich auch. Hatte ich nun alles vermasselt? Es war so gut gelaufen. Ich war am Leben, hatte den Tiger fast überzeugt und nun das. Was ...
„Der dunkle Krieger bringt das Gleichgewicht zurück. Wenn das wirklich stimmt, Menschenkind, dann müsstest du in Kontakt mit den anderen Wesen treten können. Mit Wesen, die ihr Menschen normalerweise nicht wahrnehmt. Bring mir jemanden vom blauen Volk."
Vom blauen Volk. Das war zu schaffen!
„Wen hättest du gern. Elfe, Kobold, Zwerg ...?"
Mann war ich cool!
Schade, dass du den Tiger nicht sehen konntest, der war so was von verblüfft! Einfach klasse!
„Egal, nun mach!"
Oh, ich hatte es etwas übertrieben.
„Du gestattest, ich muss mich konzentrieren."
Ohne eine Antwort abzuwarten, setzte ich mich ins Gras. Ich schloss die Augen. Der wird mir schon nichts tun. Dieser Gedanke schoss mir durch den Kopf. Nur jetzt keine Angst! Aber ich habe eben Angst, ist doch normal wenn einem ein Raubtier mit zwei Meter Länge und riesigen Reißzähnen gegenübersteht. Also: Angst nicht einfach wegschieben, das klappt nämlich nicht, die kommt schneller zurück als der Schall, sondern sich einfach erlauben, Angst zu haben. Ist schließlich nicht schlimm!
So, dann einatmen, Bauch spüren, ausatmen, Urvertrauen.
Ich hörte, wie der Tiger mit den Pfoten zu scharren begann und öffnete ein Auge. Das linke.
„Könntest du dich bitte ruhig verhalten? Ich brauche etwas Zeit."
Dann schloss ich meine Augen wieder. Wieder ein ... aus ... Du weißt schon.
Ich wurde ruhig. Wen sollte ich rufen? Kiriane fiel mir als erste ein. Ich stellte mir vor, wie sie um den Tiger umherschwirrte und ihn ärgerte. Komm Kiriane, ich brauche dich! Ich brauche Hilfe. Kiriane und ihr Waldelfen! Ihr habt gesagt, ihr würdet mir helfen. Bitte!!!
Was, wenn es nicht klappte? Was, wenn sie mich nicht hören konnten?

Ich spürte, wie der Tiger unruhig wurde.
Noch wagte ich nicht die Augen zu öffnen.
Da spürte ich ein Ziehen auf meinem Kopf. An meinen Haaren, um genau zu sein.
Ich öffnete die Augen und sah nach oben.
Kiriane!
Mann, war ich froh. Danke! Tausend Dank!
„War mir ein Vergnügen!", zwitscherte die Elfe. „Hast ihn also gefunden. Den Mistkerl!"
Der Tiger, der eben noch völlig verdattert dagestanden war, fing an zu fauchen.
„Wage es nicht, Elflein, meine Zähne ...!"
Da begann es aus allen Richtungen zu surren. Die Waldelfen!
Sie umschwirrten den Tiger, der sich mehrmals im Kreis drehte.
Die Anführerin trug dieses Mal ein tannengrünes Kleid. Sie begrüßte mich mit einer kleinen Verbeugung. „Du hast uns gerufen, dunkler Krieger, hier sind wir."
„Danke! Bitte lasst ihn, wir brauchen seine Hilfe."
Die Elfe steckte zwei Finger in den Mund und ein lauter Pfiff erscholl. Sofort zogen sich die Waldelfen zurück.
Kiriane hatte es sich auf meinem Kopf bequem gemacht. Ihre Beine baumelten vor meinen Augen herum.
Der Tiger starrte die Waldelfen, dann Kiriane und dann mich an.
Dann knickte er das rechte Vorderbein ein und deutete eine Verbeugung an.
„Ich stehe zu deinen Diensten, dunkler Krieger."
Geschafft! Ich hatte es geschafft. Natürlich mit Hilfe der Elfen, aber ich hatte es ...
Am liebsten hätte ich einen Freudentanz aufgeführt, aber ...
„Gute Idee, das machen wir später!", flüsterte mir Kiriane ins Ohr.
„Brauchst du uns noch?". Die Waldelfen langweilten sich.
„Nein, habt Dank."
Sie nickte uns noch kurz zu und wusch ... weg waren sie.
„Was machen wir mit dem Kerl?", fragte Kiriane.
Ich wischte mir ihre Füße aus den Augen.
„Wie heißt er überhaupt?", fuhr sie fort.
„Mein Name ist ... nur wenige kennen ihn", der Tiger zögerte.

„Ich heiße Tom und das hier ist ...", ich zupfte Kiriane an ihrem linken Bein.
„Kiriane."
Der Tiger verneigte sich. „Kasimir. So lautet mein Name."
Kasimir? Hört sich nicht unbedingt gefährlich an. Aber ich hielt lieber meinen Mund. Bin ja schließlich lernfähig.
„Was verlangst du von mir, dunkler Krieger?"
„Wir werden uns alle treffen. Einhorn, Phönix und all die anderen", ich schwieg.
„Am Tag, der dem Neumond folgt. Auf der Wiese beim großen Wald", flüsterte mir Kiriane leise zu.
„Kennst du die Wiese beim großen Wald? Am Tag nach dem Neumond."
Der Tiger neigte den Kopf. „Ich werde da sein."
Dann fuhr er fort, „Du traust mir nicht Elfe."
„Stimmt. Du hast diesem Mistkerl geholfen, Zanubi..."
Wieder zuckte der Tiger zusammen, als Kiriane seinen ehemaligen Meister beschimpfte.
„Warum solltest du auf einmal deine Meinung ändern? Was, wenn du uns reinlegst?"
Kiriane hatte Recht! Konnten wir ihm trauen?
Der Tiger lachte leise.
„Du kannst sehr überzeugend sein, Elfe. Sieh, du hast Zweifel gesät, sie tragen bereits Früchte. Sieh dir den dunklen Krieger an!"
Ich riss mich zusammen.
„Tapfer, Menschenkind. Aber die Elfe hat Recht. Könnt ihr mir trauen?"
„Warum hast du denn Zanubi geholfen?", fragte ich.
Der Tiger starrte vor sich hin.
„Es gab eine Zeit, da habe ich sehr unter der Einsamkeit gelitten. Ich war der Einzige meiner Art. Ich habe gesucht, doch niemals, niemals in meinem Leben habe ich nach dem Tod meiner Eltern einen weißen Tiger getroffen."
Er schwieg einige Zeit.
„Zanubi hat diese Einsamkeit und die damit verbundene Traurigkeit vertrieben. Macht! Die Macht über andere zu herrschen stand im Mittelpunkt. Ich hatte keine Zeit mehr mich einsam zu fühlen. Ich war wichtig, hatte eine Aufgabe. Er hat mir das Gefühl gege-

ben, dass ich etwas wert bin. Wertvoll. Zumindest für ihn."
„Ja, aber ist dir nie der Gedanke gekommen, dass du dieses Gefühl, wertvoll zu sein, am falschen Ort gesucht hast?", fragte Kiriane. Sie stand nun direkt vor dem Tiger im Gras. Die Hände in die Seiten gestemmt.
Verwundert sah der Tiger sie an.
„Am falschen Ort?"
„Klar. Dachte ich's mir doch! Dieses Gefühl wertvoll zu sein, kannst du nur an einem einzigen Ort finden. Nämlich in dir selbst! Alles andere ist Käse."
„Käse?"
„Quatsch, Müll! Solange du es irgendwo anders suchst, klappt die ganze Sache nicht. Niemand anderes kann dir dieses Gefühl für lange Zeit geben. Aber umgekehrt funktioniert die Sache. Wenn du fühlst, wie wertvoll und großartig und toll du bist, dann werden es die anderen auch erkennen und dir zeigen. Alle anderen sind nämlich so etwas wie dein Spiegelbild. Sie sehen nicht so aus. Sie handeln aber so, wie du dich insgeheim fühlst. Hat dir das denn niemand gesagt?"
Der Tiger schüttelte den Kopf.
„Darüber muss ich nachdenken, Elfe. Aber wie ist es dann mit der Einsamkeit?"
„Ganz einfach. In dem Moment, in dem du merkst, dass du außer dir nichts und niemanden wirklich brauchst, weil du alles in dir hast, in dem Moment brauchst du nicht mehr alleine zu sein, du hast deine Lernaufgabe erfüllt. Dann ... na, wer weiß?"
Kiriane grinste ihn an.
Der Tiger wirkte verwirrt.
„Ich muss nachdenken. Alleine."
Er sah mir tief in die Augen. „Wir sehen uns nach dem Neumond."
Dann drehte er sich um und verschwand im Gebüsch.
„Ja!!"
Ich ballte die rechte Faust.
„Gut gemacht, Kiriane!"
„Er tut mir Leid Tom, niemand hat ihm das wirklich Wichtige in diesem Leben beigebracht."
„Jetzt hat er uns. Der wird schon."

Ich war voller Zuversicht. Wir hatten das Einhorn, den Drachen, die Schildkröte, mich, den Phönix, meine Freunde vom blauen Volk und nun auch noch den weißen Tiger.
Zanubi würde das wahrscheinlich gar nicht gefallen!

Wir gingen zu den anderen zurück.
„Und?", Santara blickte uns neugierig entgegen.
„Was war los, warum hast du Kiriane gerufen?"
„Och, wir haben schnell den weißen Tiger auf unsere Seite gebracht."
„Das ist ein Scherz ... oder etwa nicht?"
„Nee! Er wird am Tag nach dem Neumond auf der großen Wiese auf uns warten. Vorher hat er aber noch einiges zu grübeln", kicherte Kiriane.
„Mund zu, Santara, es zieht!"
„Tom, würdest du mir das alles erklären?", fragte Schlurchi.
Und so berichtete ich die ganze Geschichte eben.
„Nicht schlecht! Aber was soll man denn auch sonst vom dunklen Krieger erwarten?", Kori strahlte.
„Tom, Tom, Tom, du erstaunst mich immer wieder. Ich bin froh, dich getroffen zu haben."
Ich grinste, cooles Kompliment von Santara!

Die Befreiung

Und dann machten wir uns auf den Weg.
Kori, Santara, Kiriane und ich. Kiriane flog voraus und erkundete die Gegend. Wir verbargen uns solange im Gebüsch. Dann kam sie zurück und wir schlichen uns ein Stück weiter.
Sanfor und Schlurchi hatten wir zurückgelassen. Sanfor, weil er zu groß und Schlurchi, weil sie zu langsam war.
Wir kamen nur langsam vorwärts. Aber das war uns lieber als vorzeitig entdeckt zu werden.
Nach einiger Zeit hatten wir eine Stelle erreicht, verborgen von Dornenbüschen, die es uns ermöglichte den Felsen, in dem die Zwerge eingeschlossen waren, zu beobachten.
„Scheint unbewacht zu sein. Ich hätte Zanubi mehr zugetraut!" Kori schien richtiggehend enttäuscht zu sein.
„Das glaub ich nicht. Sieht eher nach einer Falle aus", flüsterte ich zurück.
„Soll ich hinfliegen und mal nachsehen?"
„Nein. Ich glaube Tom hat Recht. Hier stimmt was nicht." Santara wirkte besorgt.
„Der weiße Tiger?", fragte Kori.
„Nein, der ist jetzt ein Guter. Der gehört zu uns." Da war ich mir sicher!
„Weißt du, was mich wundert?"
Kori, Kiriane und ich schüttelten den Kopf.
„Keine Fliegen!"
Santara hatte Recht. Da waren überhaupt keine Fliegen zu sehen.
„Schade, dass wir keine Drachenscheiße dabeihaben."
„Nicht jeder Trick klappt zweimal hintereinander Tom. Nein, wir müssen uns etwas anderes einfallen lassen. Hat jemand eine Idee?"

„Nichts und niemand kann sich auf Dauer ruhig und still verhalten. Es gefällt mir zwar nicht, aber wir müssen abwarten und beobachten. Tom und ich übernehmen die erste Wache, Kori und Kiriane die zweite."
„Kann ich nicht lieber mit dem dunklen Krieger? Du weißt schon Santara, zwei Jungs und dann ihr zwei Mädchen."
Santara verdrehte zwar die Augen, doch sie war einverstanden.
Kori grinste mir zufrieden zu.
Santara und Kiriane machten es sich etwas abseits bequem und Kori und ich beobachteten den Felsen.
„Mist, dass ich so groß bin. Ziemlich unbequem in diesem Gestrüpp hier." Überall blieb ich an den Dornen hängen.
„Frag doch Kiriane, ob sie dir helfen kann."
Koris Vorschlag war gut.
Langsam kroch ich rückwärts. Au! Jetzt hatte ich wohl auch noch eine blutige Schramme im Gesicht. Scheiß Dornen!
„He, du sollst doch Wache schieben!", fuhr mich Santara an.
„Ich weiß, aber ich bin zu groß. Hast du vielleicht noch so ein Blatt ...?"
„Noch so ein Blatt? Ja, meinst du die wachsen einfach auf den Bäumen? Das sind sehr seltene Gewächse! Äußerst selten", giftete Kiriane.
„Tut mir ja leid, dass ich es verloren habe ..."
„Das macht nichts, es hätte sowieso in Kürze seine Wirksamkeit verloren", Kiriane beruhigte sich langsam wieder.
„Kiriane, Tom hat recht, es wäre schon hilfreich, wenn er wieder kleiner wäre", kam mir Santara zur Hilfe.
„Na gut. Ich habe tatsächlich noch eines. Es ist das letzte, das ich finden konnte. Aber wahrscheinlich ist jetzt die beste Möglichkeit es zu benutzen."
Mit diesen Worten reichte mir Kiriane ein Blatt. Es sah dem ersten ziemlich ähnlich und es roch auch genauso gut.
Ich legte es unter meine Zunge und schloss die Augen. Das war viel angenehmer. Es kribbelte und als ich die Augen wieder öffnete, war ich wieder so groß wie Santara.
„Danke!"
Ich umarmte eine sprachlose Kiriane und eilte zu Kori zurück.
Dieses Mal blieb ich nirgends hängen. Dieses Mal konnte ich gut

zwischen den Dornen durchklettern.
„Wow, so gefällst du mir fast noch besser", begrüßte mich Kori.
„Und?"
„Nichts! Keine Fliege, kein Zauberer. Die Luft ist rein."
Ich stutzte. Die Luft. Das war es. Natürlich!
Ich schlug mir mit der flachen Hand an die Stirn.
„Kori, wir waren auf dem Holzweg! Zanubi weiß, dass wir mit den Fliegen fertig werden. Er hat sich dieses Mal was anderes einfallen lassen! Ich wette da vorne wimmelt es vor Käfern!"
„Du meinst den Oberst und sein Heer?"
„Klar! Wer sonst? Der fette Käferoberst und sein Heer. Ich hole die anderen, bin gleich wieder … "
„Den Weg kannst du dir sparen. Wir haben alles mitgekriegt."
Unbemerkt waren Santara und Kiriane zu uns gestoßen.
„Könntest du nicht was tun? Du bist die Hüterin des Waldes", fragte ich Santara.
„Wenn du meinst, ich sollte die Raben rufen, damit sie dieses Problem für uns lösen, dann lass dir sagen, dass ich das nicht tun werde!"
Schade!
„Erzähl mir, was du von diesem Oberst weißt!", forderte mich Santara auf.
„Er ist eingebildet, schlechter Laune, nimmt sich selbst immens wichtig, ist herrschsüchtig, kommandiert gern, unangenehmer Kerl eben."
Mehr fiel mir nicht ein. Hättest du ihn besser beschreiben können?
„Solche Typen fallen oft auf Schmeicheleien herein", überlegte Santara laut.
„Zanubi braucht das Herz wieder. Es hat ihm zumindest einen Teil seiner Zauberkraft gegeben. Und verschmolzen mit dem Kristall ist es noch wertvoller geworden. Er braucht es zurück, sonst ist er verloren. Er kann sich denken, dass wir die Prophezeiung erfüllen wollen. Ach, hat übrigens jemand schon nach dem Phönix gesehen?"
Betreten sahen Kori und ich uns an.
Ohne ein Wort zu sagen, stürzten wir uns auf den Rucksack und öffneten ihn. Der Wurm war weg. Statt dessen lag ein flauschig gelbes Küken auf dem angeknabberten Blatt.

„Er ist gewachsen."
„Natürlich ist er das. Es ist ein Tag vergangen!"
Vorwurfsvoll sah uns Santara an. Und sie hatte Recht. Wir hatten ihn tatsächlich vergessen.
Ich nahm das Küken heraus und streichelte es. Es fühlte sich wundervoll weich an.
„Zanubi weiß zwar von einem Phönix, aber nichts von einem Küken. Könnten wir es nicht als Späher einsetzen? Sieht doch so harmlos aus." Diese Idee war mir ganz spontan gekommen.
„Gute Idee!"
Santara war wieder versöhnt.
Sie nahm mir das Küken ab und flüsterte mit ihm. Das kleine Tier nickte mehrmals und Santara setzte es vorsichtig auf den Boden. Langsam watschelte das Küken auf den Felsen zu.
Wir duckten uns noch tiefer ins Gebüsch, den Felsen nicht aus den Augen lassend.
„Wenn sie es angreifen, werde ich es retten. Zanubi hin oder her!" Kori wirkte entschlossen.
„Jetzt warte erst mal ab!", befahl Santara.
„Da vorne bewegt sich etwas", flüsterte Kiriane, die sich bisher ganz ruhig verhalten hatte. „Seht ihr, hinter den kleinen Kieselsteinen. Rechts."
„Ja, ich seh es. Da! Links noch mehr!"
Das Küken war inzwischen bis auf einen Meter an den Felsen herangekommen. Und nun konnten wir es alle sehen. Der Boden wimmelte vor Käfern.
„Ich glaube, der dort auf dem faustgroßen Stein ist der Oberst."
Die Käfer stellten sich in Reihen vor dem Küken auf und es schien als wollten sie es mit kleinen Stöcken oder so vertreiben.
Das Küken rief laut. Und Santara antwortete. Es hörte sich nach Entensprache an.
Dann drehte das Küken ab und verschwand im Gebüsch.
Sofort verschwanden auch die Käfer. Kein einziger war mehr zu sehen. Aber wir wussten ja nun, dass sie da waren!
Kori lief dem Küken entgegen und brachte es zu uns zurück.
Wir lobten und streichelten den jungen Phönix.
„Scheiß Käfer, die sind aber auch ekelig!"

„Tom, nicht alle Käfer gehören zu diesem Oberst. Na klar! Ich hab's!"
Santara winkte uns zurück. Gemeinsam verließen wir unseren Beobachtungsposten.
Als wir uns soweit entfernt hatten, dass der Oberst nichts hören konnte, zog Santara ihre Pfeife aus der Tasche und baute sie zusammen.
Ein kurzer Pfiff erscholl und kurze Zeit später saßen Falken zwischen uns!
Weißt du, wie es ist, einem Falken Auge in Auge gegenüberzusitzen? Einem Falken, der genauso groß ist wie man selbst, diesen unverschämt scharfen Schnabel und diese stechend klaren Augen hat? Also ich fühlte mich entsetzlich. Am liebsten wäre ich im Boden versunken. Ich fühlte mich wie ein ängstliches Häschen, das seinem Jäger gegenübersitzt.
Auf einmal bemerkte ich, dass mich alle ansahen.
„Geht es wieder?", fragte Santara besorgt, während Kiriane eindeutig grinste.
„Äh, ja!"
Ich riss mich zusammen.
„Also, wie gesagt, wir brauchen alle Insekten, die bereit sind uns zu helfen. Insbesondere Rüsselkäfer, Mistkäfer und Hirschhornkäfer. Schafft ihr das?", fragte Santara den größten Falken.
„Natürlich, so wahr ich Aratar heiße."
Mit diesen Worten erhoben sich die Falken und schwebten davon.
„Was hast du vor?"
„Wir werden dem Oberst eine Überraschung bereiten", grinste Santara schadenfroh. „Aber nun habe ich Hunger, Kori, was haben wir noch?"
Viel! Dazu einige frisch gepflückte Himbeeren. Ein köstliches Mahl.
Ich hatte mir gerade den letzten Finger saubergeleckt, als die Falken zurückkehrten.
Es waren so viele, dass ihre Schwingen den Himmel verdeckten.
„Keine Angst, Tom, auf Aratar und seine Freunde kann ich mich verlassen", beruhigte mich Santara.
Als die Falken gelandet waren, sah ich, dass auf ihren Rücken Käfer saßen. Die Falken ließen sie absteigen und erhoben sich dann wieder.

„Ruf uns, wenn wir sie zurückbringen sollen!", rief uns Aratar noch zu.
Die Käfer sammelten sich vor Santara. Es waren viele. Große und kleine, schwarze, braune, und alle möglichen Farben, gestreift, gepunktet. Noch nie hatte ich so viele verschiedene Käfer gesehen.
„Hüterin des Waldes, du hast uns gerufen."
Ein großer Hirschhornkäfer hatte das gesagt.
„Ja. Ich danke euch, dass ihr meinem Ruf gefolgt seid. Darf ich euch den dunklen Krieger vorstellen?"
Sie zeigte auf mich.
Sofort war ich von Käfern umringt.
„Hey, ich grüße euch auch", murmelte ich etwas verlegen. Man unterhält sich ja so selten mit Käfern!
„Ich ließ euch holen, weil wir eure Hilfe brauchen."
Die Käfer sammelten sich nun wieder um Santara.
„Ein Stück von hier entfernt, wurden Zwerge durch Magie in einen Felsen gebannt. Wir sind in der Lage, sie zu befreien, doch dazu brauchen wir eure Hilfe."
„Sag uns Hüterin was wir tun können!"
„Nun, der Felsen wird bewacht. Von Käfern, die einem Oberst unterstehen. Einem Mistkäfer."
Aufgeregtes Murmeln erscholl.
„Du sagtest, ein Mistkäfer, der sich als Oberst bezeichnet? Den kenne ich, unangenehmer Bursche. Nur zu, dem wollte ich schon lange eins auswischen. Das wird ihm eine Lehre sein!", sprach einer der braunen Käfer.
„Mein Plan ist folgender: Ihr ... "
Sprachlos hörte ich zu. Das konnte gelingen!
Die Käfer willigten sofort ein. Und dann fingen wir an zu trainieren. Ich ließ sie in Dreierreihen antreten, so wie ich es beim Oberst gesehen hatten.
Nach ungefähr einer Stunde klappte es.
„Santara wir sind soweit."
„Gut, dann alles nach Plan. Viel Glück!"
Die Käfer marschierten los. Unter der Führung des Hirschhornkäfers. Und wir suchten wieder unseren Beobachtungsposten auf.
Es dauerte nicht lange und unser Heer näherte sich dem des Oberst.

Wir konnten sehen, welche Aufregung das verursachte. Der Oberst stand auf dem Stein und brüllte Befehle. Seine Leute formierten sich, stellten sich kampfbereit auf. Da hob unser Hirschhornkäfer die Hand.
„Oberst! Zanubi schickt seinem großen Feldherren die Ablösung. Euch erwartet neben Ehre noch ein gutes Mahl."
Ich biss nervös auf meine Unterlippe. Würde es klappen?
Der Oberst streckte sich und wir konnten sehen wie er zögerte.
„Ich habe keine Ablösung angefordert". Skeptisch blickte er auf die Käfer.
„Ich befolge nur Befehle! Und Zanubi hat mir befohlen, euch abzulösen. Bitte weist mich in alles Wichtige ein, damit ich meine Aufgabe gut erledigen kann, bis ihr zurück seid!"
Der Hirschhornkäfer machte seine Sache wirklich gut.
Man sah dem Oberst richtig an, wie ihm beim Gedanken an Essen das Wasser im Mund zusammenlief.
Er zögerte nur noch kurz, brüllte dann ein paar Befehle und marschierte mit seinen Leuten davon.
Wir grinsten uns an. Was waren wir doch für ein tolles Team!
Als sie außer Sicht waren, spurteten wir los und
eins
zwei
drei – öffnete sich der Felsen.
Und die Zwerge stürmten heraus.
Ich verschloss den Felsen wieder und wir führten sie schnell von diesem Ort weg.
Als wir bei unserem Landeplatz ankamen, war Sanfor verschwunden.
„Er holt Ekata-in", erklärte mir Kiriane.
Und tatsächlich. Sie hatte kaum ausgesprochen, da kam der Drache zurück. Ekata-in strahlte, das konnte man schon von Weitem erkennen.
Nun gab es ein Begrüßungsfest! Die Zwerge lachten, umarmten sich und natürlich auch uns. Dazu kamen dann noch die Käfer, die auf die Rückkehr der Falken warteten.
Wir bedankten uns herzlich für die Hilfe.
„Der Oberst wird aber bald zurück sein. Schließlich wird Zanubi den Streich aufdecken", warnte uns ein Mistkäfer.

„Na und? Dem werden die Augen aus dem Kopf fallen! Nochmals vielen Dank für eure Hilfe!"
„War uns ein Vergnügen!", ließ sich ein dicker Rüsselkäfer vernehmen.
„Schade, dass wir nicht sehen konnten, wie den Oberst ein Anschiss statt einem stattlichen Mahl erwartete."
Dann kamen die Falken.
Dieses Mal fühlte ich mich sicher, schließlich stand ich zwischen vielen Zwergen! Nun konnte ich ihren Anflug genießen. Herrliche Tiere!
Unter der Leitung von Aratar ließen die anderen Falken die Käfer aufsteigen und verschwanden mit ihnen im Blau des Himmels.
„Ich hätte nicht gedacht, dass sich Falken und Käfer besonders mögen", murmelte ich.
„Sei ehrlich, du hättest vieles nicht gedacht, bevor du es hier erlebt hast", antwortete Kori.
Richtig!
„Kori, ich würde zu gern sehen wie Zanubi reagiert. Komm, wir schleichen uns zum Felsen und beobachten das Spektakel!"
Kori war sofort einverstanden. Unbemerkt schlichen wir uns zur Dornenhecke zurück.
Als wir angekommen waren, wimmelte es um den Felsen herum. Der Oberst und seine Käfer liefen aufgeregt hin und her. Und Zanubi tobte.
„Mann, ist der riesig!", Kori staunte, schließlich hatte er den Zauberer noch nicht gesehen.
„Der muss uralt sein", fügte er hinzu.
„Stimmt, du Kori, der ist älter geworden seit dem letzten Mal!"
„Das liegt wahrscheinlich daran, dass er seine Zauberkraft verloren hat."
„Kori, sieh dort hinter Zanubi! Das Eichhörnchen!"
„Dieses Mistvieh hat also mein Messer geklaut", knurrte mein Freund.
„Oder gefunden. Und daneben das muss sein Helfer sein! Hätte ich es mir doch denken können. Eine Ratte!" Ich schüttelte mich.
„Was hast du gegen Ratten? Auch wenn diese mit Sicherheit ein Mistvieh ist, nicht alle Ratten sind böse. Ihr Menschen mit euren Vorurteilen! Einige meiner besten Freunde sind Ratt…"

In dem Moment drehte sich der Magier zu uns um.
Wir hielten den Atem an.
Hatte er uns entdeckt?
Völlig erstarrt vor Schreck lagen wir in unserem Versteck.
Der Zauberer machte ein paar Schritte auf uns zu. Dann rief er mit donnernder Stimme: „Kommt raus!"
Er hatte uns entdeckt!
Wie war das möglich?
Wir sahen uns an.
„Kommt raus!", donnerte die Stimme zum zweiten Mal.
Und irgendwie konnten wir nicht anders. Wir verließen unser Versteck und standen vor Zanubi.
Er war tatsächlich älter geworden. Viel älter. Uralt!
Er zog die dicken weißen Augenbrauen hoch und sah uns an.
„Wir kennen uns! Wusste ich doch, dass ich mich nicht getäuscht hatte. Was bist du, dass du deine Größe verändern kannst?"
Ich schwieg, was hätte ich auch sagen sollen?
„Du hast es bei dir! Gib es mir!"
Seine Augen schienen sich in meinen Kopf zu bohren.
Nein! Schrie alles in mir. Ich werde es dir nicht geben, du ... du ... Schrumpfkopf!
Während mich Zanubi noch immer lauernd anblickte, prustete Kori los.
„Schrumpfkopf, pffffffff. Tom, du bist echt klass..."
„Schweig! Kristallzwerg!", donnerte Zanubi.
„Gib es mir und ich lasse euch laufen!", drohte der Zauberer.
Meine Hand fuhr zum Rücken, wo der Stab drückte.
Zanubi hatte diese Bewegung gesehen, denn er grinste nun siegessicher.
„Ich kann es mir auch holen!"
Doch ich war schneller! Bevor er sich auch nur nähern konnte, zog ich den Stab aus meinem T-Shirt und schlug ihm damit auf die ausgestreckte Hand.
Der Zauberer fuhr zurück, sein Gesicht war schmerzerfüllt. Doch dieser Ausdruck wich purem Erstaunen.
„Wie ist das möglich? Kann es sein ...?", murmelte er.
„Ja. Ich habe es mit dem Kristall der Ewigkeit verschmolzen."
Diese Worte kamen mir einfach so über die Lippen.

Bevor der Zauberer sich rühren konnte – sein Erstaunen setzte ihn im Moment außer Gefecht, rief ich meine Freunde. Mit meinen Gedanken.
Und da kamen sie. Alle.
Santara, die Zwerge, Kiriane und über ihnen kreiste Sanfor!
„Ihr könnt mich nicht aufhalten!", schrie der Zauberer. „Dieses Drachenherz gehört seit vielen Jahren mir. Ich habe es gefunden und ich werde es wieder besitzen. Nichts und niemand wird es mir streitig machen. Auch wenn ich zugeben muss, dass meine Kraft schwindet."
Er gab einige fremdartige, zischende Worte von sich und im Gebüsch neben ihm raschelte es. Vom Oberst und seinem Heer war übrigens nichts mehr zu sehen. Die hatten sich, als meine Freunde auftauchten, verzogen.
Also, wo war ich? Ach ja! Es raschelte im Gebüsch.
Und heraus kam der weiße Tiger. Kasimir. Er stand direkt neben dem Zauberer und sah uns an.
„Bring mir das Drachenherz!", befahl ihm Zanubi.
„Nein."
„Was?" Zanubi starrte den Tiger an.
„Du hast mich benutzt. Ausgenutzt und benutzt. Mit Versprechungen, die du nicht halten kannst, die niemand halten kann, hast du mich gelockt. Aber ich habe gelernt. Mit Hilfe des dunklen Kriegers und einer Elfe. Ich werde dir nicht helfen, deine finsteren Pläne zu verwirklichen!"
„Was, du glaubst tatsächlich dieser Knirps wäre der dunkle Krieger?", höhnte der Zauberer. „Diese Prophezeiung ist völliger Quatsch!"
„Und warum hat der weiße Tiger dann nach dem Phönix gesucht, dem roten Vogel?", fragte ich.
„Woher weißt du ...?", zu spät merkte der Zauberer, dass er sich verraten hatte.
Verzweifelt machte er einen Schritt auf mich zu. Doch Kasimir sprang entschlossen zwischen uns und fletschte die Zähne.
Entsetzt wich Zanubi zurück.
„Ihr könnt die Prophezeiung nicht erfüllen. Ihr werdet niemals alle Wesen vereinen!"
„Doch, wir haben sie alle!", flötete Kiriane.

Sie umschwirrte den Zauberer wie eine wild gewordene Hummel. Zanubi versuchte sie zu verscheuchen, doch Kiriane war schneller. Zanubi drehte sich im Kreis.
„Lass ihn, Kiriane. Er ist nur ein alter Mann. Nichts ist von seiner Macht übrig."
Santara hatte recht. Dieser Mann war nicht mehr gefährlich.
Er wirkte alt, gebrechlich, einsam.
„Tom, du hast deine eigene Stärke kennen gelernt, du weißt nun wer du bist, du brauchst Zanubi nicht mehr!", fuhr sie fort.
„Ihr könnt ihn doch nicht einfach gehen lassen! Er kann sich neue Verbündete suchen. Er ... ", Kori war richtig wütend.
„Wir werden ihn ins Menschenreich zurückschicken. Dorthin von wo er kam. Und wir werden ihm die Fähigkeit nehmen, die Grenzen ein zweites Mal zu überschreiten", sagte ein Zwerg mit einem merkwürdig gestreiften Hut. Moment, von dem hatte ich doch geträumt!
„Könnt ihr das denn?", fragte ich.
Der Zwerg nickte.
Und bevor Zanubi zurückweichen konnte, hatten ihn zwei Zwerge am Hosenbein gepackt und waren mit ihm verschwunden.
„Also, mir ging das jetzt echt zu schnell!", maulte Kori.
„Ach komm, wir sind den Kerl los. Das ist doch alles was zählt, oder?"
Ich legte meinen Arm um seine Schultern.
„Ein bisschen hätten wir ihn schon bestrafen können!"
„Meinst du nicht, das ist Strafe genug? Der Kerl ist zurück und kann seinen Lebenstraum von Macht und Herrschaft völlig vergessen. Was gibt es Schlimmeres für ihn?"
Kori nickte, immer noch widerstrebend, aber er nickte.
„Aber dieses Eichhorn knöpfe ich mir noch vor. He! Stehen bleiben! Es will sich aus dem Staub machen!"
Kori eilte davon.
Ich ging auf den Tiger zu.
„Danke Kasimir."
Er zuckte zusammen, als ich seinen Namen nannte.
„Ich habe dir zu danken, Tom."
Und dann hob ich die Hand und berührte ihn. Erst ein Einhorn, dann den Drachen und nun einen Tiger. Fehlte nur noch ein...
„Hier bin ich", kam es aus meinem Rücken.

Ich drehte mich um und sah mich Auge in Auge mit Aratar, dem Falken.
Er musterte mich neugierig.
Ich machte einen Schritt auf ihn zu.
„Darf ich?"
Er neigte leicht den Kopf zur Seite.
Also streichelte ich ihn. Seine Federn fühlten sich wundervoll glatt an.
„Unser Tom, überwindet seine Angst. Seht euch das an."
Kiriane lästerte natürlich schon wieder.
„Nein, war ganz ernst gemeint." Doch sie grinste so frech, dass ich ihr einfach nicht glauben konnte.
Ich verneigte mich vor Aratar.
„Komm Tom, wir begleiten die Zwerge zum Tal des donnernden Wassers. Schließlich musst du noch ihre Höhle öffnen", Santara blickte mich liebevoll an.

Und das tat ich dann auch. Wieder schlug ich dreimal mit dem Stab auf den Boden und wie von Geisterhand öffnete sich der Höhleneingang.
Da es noch bis zum Neumond dauerte, verbrachten wir ein paar lustige Tage bei den Zwergen. Natürlich prüften wir auch, ob Zanubi weitere Wesen eingesperrt hatte, doch das Drachenherz zeigte nichts an.
Kori hatte das Eichhorn und seinen Begleiter, die Ratte, übrigens tatsächlich erwischt und ihnen gehörig die Meinung gesagt. Es stellte sich heraus, dass Zanubi auch die Einsamkeit dieser beiden ausgenutzt und sie durch falsche Versprechungen für sich gewonnen hatte. Von Sven Eichhorn und der Ratte erfuhren wir auch, dass Zanubi damals den großen Wald betreten und damit die Unruhe der Bäume verursacht hatte. Ihm hatte ich also diesen wilden Ritt auf Odessa zu verdanken! Um von Zanubi abzulenken, hatte Sven Eichhorn das Zwergenmesser zu Santara gebracht. Sven hatte das Messer gefunden. Nicht geklaut! Kori hatte es, wie wir ja schon vermutet hatten, wegen des kaputten Reißverschlusses an seinem Rucksack, verloren. Santara nahm die beiden im großen Wald auf. Es schien mir fast, als würden die zwei ein paar Tränen vor Rührung vergießen. Viel Freundlichkeit hatten sie wohl noch

nicht erfahren! Aber auch anderen nicht gegeben! Denn was man sät, das erntet man eben auch. Nicht nur bei Salat und so, sondern auch in anderen Bereichen!

Dann war es Zeit, Abschied zu nehmen. Unzählige Hände waren zu schütteln. Immer wieder und wieder wurden wir gebeten, bald wiederzukommen. Schließlich beendete Santara das alles ziemlich energisch.
„Los jetzt. Sanfor flieg einfach los, sollen sie doch laufen!"
Damit meinte sie Kori und mich!
„Du hast dir wohl so 'nen dicken Bauch angefuttert, dass du mehr Platz brauchst. Aber nicht mit mir!", spitzbübisch lächelte Kori das Koboldmädchen an und erklomm Sanfors Rücken. Und ich folgte ihm. Schweren Herzens.
Wir winkten, bis wir nichts mehr vom Tal des donnernden Wassers erkennen konnten. Ich würde sie vermissen. Ekata-in und die anderen.
„Und mich?", Kori stupste mich an.
„Dich? Lass mich mal überlegen. Hm, wenn ich's mir genau überlege... Aua!"
Kori hatte mir in die Rippen geboxt.
Ich grinste.
„Könnt ihr bitte aufhören!", maulte Kiriane. „Ich muss mich konzentrieren."
„Worauf denn?", lästerte Kori leise in mein Ohr.
Ich zuckte mit den Schultern. Keine Ahnung. Kiriane wird schon wissen warum. Das musste mich nicht interessieren.

Anfang und Ende

Wir landeten in der Neumondnacht auf der großen Wiese. Nun war ich wieder hier. Würde es das letzte Mal sein?
Wir setzten uns um ein Lagerfeuer und Santara sang uns einige Lieder vor. Es war eine schöne Nacht, ruhig und friedvoll. Wir saßen noch um das Feuer als die Sonne aufzusteigen begann. Zunächst färbte sich der Himmel rot und wurde dann immer heller. Es würde ein schöner Tag werden.
Vor uns senkte sich eine Gestalt vom Himmel herab. Der Phönix war gekommen.
Oh, Mist, das habe ich ja total vergessen. Entschuldige! Aus dem Küken war natürlich ein Phönix geworden. Und die Beschreibung von Sanfor passte haargenau. So groß wie ein Adler, rot-goldene Schwingen, der Schwanz leicht bläulich und der Schnabel – ungefähr wie der eines Pfaus!!!
Die Sonne war noch nicht hoch gestiegen, da erschien auch der weiße Tiger. Wir nickten ihm zu.
Und dann stellten sich alle im Kreis auf.
Der Phönix im Süden. Er steht für die Hitze, für den Sommer.
Der weiße Tiger im Westen für den Herbst und Abend, aber auch für die Traurigkeit.
Der Drache im Osten, die Schildkröte im Norden.
Dazu Einhorn und die Vertreter des blauen Volkes, Kori, Santara, Kiriane. Und ich. Santara hatte mir gesagt, dass ich das Wasser symbolisierte. Das Wasser, das uns erhält, uns reinigt, uns am Leben erhält, uns umspült, Klarheit gibt.
Es war ein erhebender Moment. Stolz, glücklich und frei standen

wir da, um etwas Neues entstehen zu lassen, zunächst etwas Kleines, wie eine Pflanze, die eben erst das Erdreich durchbrochen hat und zum riesigen Baum heranwächst. Jeden Tag, jeden Moment ein Stückchen mehr.
Ich breitete die Arme aus. Es war, als könne ich die ganze Welt umfassen. Umarmen. Und dann sah ich vor meinem inneren Auge, wie sich die Menschen und alle anderen Wesen auf der ganzen Welt umarmten, wie sie tanzten, fröhlich waren.
Als ich die Augen öffnete, nahm ich erstaunt wahr, dass sich unser Kreis vergrößert hatte. Eichhörnchen, Vögel, Kobolde, Feen, Elfen, ach was sag ich – die verschiedensten Wesen standen mit uns im Kreis. Alle lächelten. Wer Hände hatte, reichte sie seinem Nachbarn. Ich sah Santara lächelnd an und sie zwinkerte mir zu. Wir hatten es geschafft. Hier war etwas unendlich Schönes entstanden, etwas das immer wirken würde, etwas das nie vergessen werden wird.
Kori stand neben dem weißen Tiger und legte ihm seine Hand an die Seite.
Niemand sprach ein Wort.
Ich schloss meine Augen und spürte wie eine Welle voller Liebe aus der Erde in meine Füße wallte, weiter durch die Unterschenkel und Knie, Po und Rücken, den Nacken hinauf in meinen Kopf und am höchsten Punkt, dem Scheitel, wieder hinaus. Hinaus ins weite Universum.
Ich setzte mich und legte meine Hände auf den Erdboden. Danke, liebe Erde, danke für das. Und danke lieber Gott, für diese wunderschöne Erfahrung, für mein Leben, meine Freunde. Hab Dank.
Nach einiger Zeit löste sich der Kreis auf.
Ich spürte, dass es Zeit war, Abschied zu nehmen. Ich ging zu Sanfor und streichelte ihn sanft.
„Dies ist kein Abschied für immer, mein Freund. Wir werden uns wiedersehen. Vielleicht früher als du denkst."
Erstaunt sah ich ihn an. „Aber ich muss zurück ... nach Hause."
„Und? Wer sagt, dass wir uns nicht wiedersehen? Du kannst die Grenzen jederzeit überschreiten. Wenn du es willst."
Ich nickte, natürlich wollte ich, aber wie?
Der Drache lachte leise. „Du wirst es wissen, wenn es soweit ist. Und außerdem kann ich dich auch besuchen."

Ein Drache in meinem Zimmer?
„Das wäre wahrscheinlich nicht so gut, aber es gibt andere Orte. Und andere Drachen. Nicht alle sind so groß wie ich."
Andere Drachen. Cool!
Ich nickte ihm zu und verabschiedete mich von all den anderen Wesen, die ich kennen gelernt hatte. Zuletzt ging ich auf Santara, Kiriane und Kori zu, die nebeneinander standen und schon auf mich zu warten schienen.
Ich hatte einen Kloß im Hals, einen Stein im Bauch und Tränen in den Augen.
„Ich werde dich begleiten", sagte Santara.
Ich nickte und wandte mich Kiriane zu.
„Hör bloß auf zu flennen, ich kann dich ja mal besuchen, wenn du mich so vermisst!", maulte Kiriane.
„Das wäre echt schön."
Kori. Dieser Abschied fiel mir am schwersten.
Kori kramte verlegen in seinem Rucksack.
„Hier. Für dich!"
Er räusperte sich und gab mir einen Stein. Einen Bergkristall. So groß wie ein Vogelei. Klar und durchsichtig. In meiner Hand wurde er schnell warm.
„Danke", meine Stimme versagte.
„Halte ihn einmal im Monat unter fließendes lauwarmes Wasser, um ihn zu reinigen oder stell dir einen Wasserfall vor, unter den du ihn hältst. Dann wird alles Graue von ihm abgewaschen, das er angenommen hat."
Ich nickte.
Dann kramte auch ich in meiner Hosentasche.
„Für dich."
Ich reichte meinem Freund ein Feuerzeug und ein Päckchen Kaugummi. Beides hatte ich mir beim Abholen von Schlurchi eingesteckt.
„Werden wir uns wiedersehen, Kori?"
„Klar! Wenn du nicht kommst, dann muss ich, schließlich muss ich ja auch nach dem Kristall sehen."
Wieder nickte ich.
Abschiednehmen ist schrecklich.
„Das ist kein Abschied Tom, das ist der Anfang. Der Anfang von

etwas ganz Neuem."
Dankbar sah ich Santara an. „Komm jetzt."
Ich nickte wieder.
„Ich muss noch Schlurchi holen."
Doch die Schildkröte stand schon neben mir.
„Tom, ich würde lieber hier bleiben, bei Santara und den anderen."
Das hatte ich fast erwartet.
„Tut mir leid, wegen deinem Namen und so. Sehr respektvoll hab ich dich nicht behandelt. Soll ich dir einen neuen Namen geben?"
Schlurchi schüttelte den Kopf. „Jeder Name ist gleich gut. Ich danke dir für alles."
Sie verneigte sich.
Ich tat es ihr gleich.
Ich sah mich noch einmal um. Sah die Wesen, von denen ich noch vor einiger Zeit geglaubt hatte, sie würde es in Wirklichkeit gar nicht geben, die Tiere, die ich nun verstehen konnte, meine Freunde .... und schwups standen wir in meinem Zimmer.
Daheim!
Meine Klamotten, mein Laserschwert, alles lag noch so auf dem Boden wie ich es verlassen hatte.
„Tom, räume jetzt dein Zimmer auf, in 20 Minuten musst du zum Fußballtraining." Meine Mutter!
Ich grinste. Nichts hatte sich verändert.
„Du musst ihnen erklären, dass Schlur..., die Schildkröte ..."
Ich nickte. Da würde mir schon was einfallen.
„Der Stab mit dem Drachenherzen, Santara, was soll ich ....?"
„Behalte ihn. Wir brauchen ihn noch. Du weißt, die Ghule. Du bist der dunkle Krieger. Deine Aufgabe ist noch nicht ganz erledigt."
„Du sprichst ihren Namen aus?"
„Durch deine Hilfe, Tom, ist etwas ganz Wunderbares entstanden. Wir haben einen neuen Anfang geschaffen. Ein Gleichgewicht wird entstehen, das sich nicht zerstören lässt. Es wird noch etwas dauern, bis man es überall spürt, aber der Anfang ist gemacht."
Ich nickte. Ich hatte es gespürt. Diese wundervolle Welle aus dem Herzen der Erde. Eine Welle, die uns alle verbunden hat und immer verbinden wird.

„Das Blatt, du musst es ..."
Ich holte das Blatt unter meiner Zunge hervor und wieder schien es, als würde meine gesamte Umgebung schrumpfen.
„Was soll ich damit machen? Darf ich es behalten?"
Santara grinste. „Vielleicht kannst du es ja noch brauchen. Es gibt noch viel zu tun."
„Wir sehen uns aber wirklich wieder, oder Santara?"
„Klar! So schnell wirst du uns nicht los ..."
Meine Zimmertür öffnete sich und mein Bruder Ben kam rein.
Ich fiel ihm um den Hals.
„Hei, Alter, was ist denn mit dir los?"
Verlegen machte er sich frei.
„Ich mag dich. Hab ich dir das eigentlich schon mal gesagt?"
Misstrauisch sah er mich an. Als er merkte, dass ich ihn nicht verarschen wollte, schüttelte er den Kopf
„Ich dich doch auch! Was ist denn mit deinem Gesicht passiert? Total zerkratzt", er räusperte sich.
Ich sah mich um. Santara war weg. Aber wir würden uns wiedersehen, das wusste ich!
„Das ist eine lange Geschichte. Lust auf ein Fußballspiel?"
„Klar, kleiner Bruder."
Und so endet diese Geschichte. Endet und doch nicht ganz. Denn das alles war nur der Anfang meiner Begegnungen mit dem blauen Volk und anderen Wesen.
Ich habe inzwischen viele Drachen gesehen. Und wenn ich viele sage, dann meine ich das auch so.
Wenn dir also jemand sagt, es gäbe sie nicht, hätte sie nie gegeben, dann entscheide selbst, was und wem du glauben magst.
Ich wünsche dir, dass auch du sie sehen kannst, sie spürst.
Werde einfach still und lass es zu, dass sie Kontakt aufnehmen. Habe keine Angst, du kannst es. Vertraue dir, wie auch ich gelernt habe, mir zu vertrauen.
Ich danke dir für alles.